# PAUL HERVIEU

DE L'ACADÉMIE FRANÇAISE

✦

# L'Alpe Homicide

PARIS

MODERN-BIBLIOTHÈQUE

ARTHÈME FAYARD, EDITEUR

18-20, RUE DU SAINT-GOTHARD, 18-20

# L'ALPE HOMICIDE

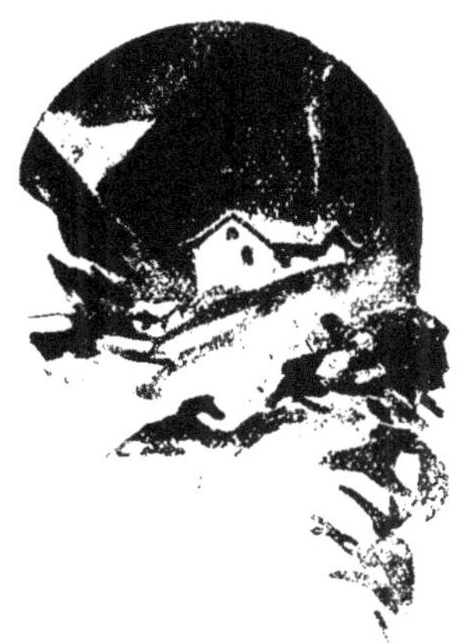

# PAUL HERVIEU

DE L'ACADÉMIE FRANÇAISE

# L'ALPE HOMICIDE

Illustrations d'après les aquarelles

DE

## M. MARODON

PARIS

MODERN-BIBLIOTHÈQUE

ARTHÈME FAYARD et Cⁱᵉ, ÉDITEURS

18-20, RUE DU SAINT-GOTHARD, 18-20

DES NUAGES NOUVEAUX MONTAIENT.

*Madame L. H.*

## L'ALPE HOMICIDE

### I

Quand j'arrivai à Chamonix, la nuit avait depuis longtemps noirci la vallée.

Quelques lumières, en ville, indiquaient le seuil des pensions, le pont sur l'Arve et les quatre coins de la place qu'encombrait la compagnie des guides en quête de clients.

Ma monture se fraya un passage au milieu de ces groupes patients et taciturnes ; et je l'arrêtai à la porte de l'hôtel de l'*Ours*.

J'étais harassé par quinze heures de chevauchée à travers les montagnes de la Savoie ; et le froid, que les approches de l'automne faisaient descendre sur la pente des glaciers plus intense et plus humide, étreignait mes épaules et raidissait désagréablement mes genoux. J'avalai un bol de punch et je me couchai sans souper.

Il est très difficile de s'endormir, dans un hôtel, avant que tout le monde soit au lit. Jusque-là le parquet sonore des couloirs est battu de pas lourds ; les gens de service s'interpellent et remuent des choses retentissantes. Des portes ouvertes crient en se fermant ; d'autres crient dès qu'on les ouvre, et leurs entrebâillements livrent passage aux récoltes pesantes de chaussures que les divers genres de promiscuité ont produites dans chaque chambre.

Peu à peu ce tumulte s'apaisa ; mais l'énervement de fatigue où j'étais me tenait éveillé. Et à mesure que les bruits environnants diminuaient de force, mon oreille devenait impressionnable à des sons plus délicats.

Je distinguai les bêlements lointains d'une chèvre égarée, les grelots d'un attelage qui trottait à une grande distance sur la route ; puis le tic-tac de ma montre sembla tout à coup sourdre de sa boîte, et se répandit dans le silence.

Bientôt j'entendis parler près de moi, derrière le mur de mon chevet, mais sur un ton si bas que je n'en eusse pas été averti sans l'extrême tension de mon ouïe surexcitée. Par un sentiment qui ne doit point m'être particulier, j'essayai de surprendre cette conversation.

Des mots anglais traversèrent la cloison.

« Annie !... ma petite Annie !... murmurait tendrement une voix.

— Vous n'irez pas, Henry, répondit une voix plus tendre encore. Promettez-moi que vous renoncerez à cette folle intention...

— Laissez faire ce qui est décidé, voulez-vous ? mon doux cœur. »

Un grand soupir prit sa volée, suivi de chuchotements confus pour moi.

Quelques instants plus tard, je perçus de nouveau le dialogue.

« Henry, vous désirez donc que je meure d'inquiétude ?

— Qu'est-ce que vous imaginez ? ma chère petite chose. Il faut que vous soyez sérieuse. Laissez-moi vous embrasser. »

Au bout d'un moment, j'entendis un rire léger, et l'un des interlocuteurs reprit :

« N'avez-vous pas oublié, Annie, cette chambre d'Inverary, en Ecosse ? Elle était aussi petite que celle-ci, en vérité.

— Oh ! taisez-vous, méchant ! Le lendemain, je n'ai point osé vous regarder remplir le saint office. »

Cette fois, un rire mâle et fort résonna, mais il fut promptement étouffé.

Ensuite les voix devinrent très faibles, et il me sembla qu'elles ne s'exprimaient plus raisonnablement.

Je ne saurais déterminer depuis combien de temps j'étais assoupi, lorsqu'une plainte aiguë, presque un cri, me tira du sommeil.

La serrure voisine grinça ; ma porte fut frôlée ; quelqu'un descendit l'étage et sortit lestement.

Une lueur rouge emplissait ma fenêtre.

L'instinct m'y fit courir. Dans la rue, deux guides se tenaient sur la chaussée, munis de torches allumées, de cordes en bandoulière et de longues pioches. Un homme d'allures vives et de tournure distinguée les rejoignit. Quoique mal éclairée, sa figure me parut agréable et encadrée de petits favoris. Je remarquai aussi son vêtement noir et serré à la taille comme celui des ministres anglicans. Il tenait un plaid dont ses guides l'enveloppèrent, et tous trois se dirigèrent à rapides enjambées vers la montagne, sous les flammes vacillantes et lugubres de la résine.

Le firmament était radieux et les plus belles d'entre les étoiles scintillaient au milieu de leurs cortèges.

Longtemps après m'être recouché, j'entendis sonner à l'église l'heure de minuit.

II

Les rayons de l'aurore ne pénètrent pas dans la vallée de Chamonix, d'où la grande ombre du mont Blanc est lente à se retirer.

Il est déjà tard lorsque sur les flancs démesurés de ce monstre, les immenses forêts de pins s'embellissent d'un reflet.

Dans leur éloignement sombre, elles sont coupées çà et là par le cours large et clair des glaciers qui descendent de la cime jusqu'à la lisière des moissons.

A deux mille mètres au-dessus des dernières végétations, les Aiguilles de la chaîne, d'où pendent des fils de givre, plantent dans l'azur du ciel leurs rudes pointes de granit rouge qui n'étincellent pas encore.

Et puis au delà, très loin, très haut, dominant toutes les choses matérielles de la terre, près des limites de la pensée, le mont Blanc dresse sa tête de neige, ronde et lisse, sur laquelle le soleil levant s'est immédiatement posé.

J'éprouvais un rare bien-être devant ce calme spectacle et une inexplicable sensation de bonheur, lorsqu'une jeune femme vint s'asseoir à quelque distance de moi, dans le jardin de l'hôtel.

Elle était très jolie, blonde, sous un chapeau de feutre gris, costumée de flanelle bleue, avec un terrier noir sous le bras.

Un corbeau privé, qui errait sur les pelouses, accourut.

Elle lui jeta un morceau de sucre et lâcha son petit chien. Aussitôt les deux bêtes entrèrent en lutte autour de la proie. Le corbeau secouait furieusement ses ailes rognées ; le roquet poussait des aboiements comiques et rageurs. Sa maîtresse riait silencieusement et parfois levait les yeux — des yeux crédules et limpides — dans la direction du mont Blanc. Moi, je ne regardais plus la montagne ; je suivais le manège de cette belle inconnue, en ne songeant toujours à rien, mais je ne me sentais plus aussi heureux.

Sur ces entrefaites, l'hôtelier s'était approché de nous et contemplait cette scène avec la mine satisfaite d'un propriétaire qui voit goûter une des attractions de sa demeure.

Tout à coup les sons d'une trompette aigre comme celle qu'emploient les raccommodeurs de fontaines, retentirent à quelque distance. La jeune femme devint pâle, se releva brusquement, saisit son terrier par la peau du cou et partit en courant.

L'hôtelier me dit alors avec bonhomie : « Les femmes, c'est des enfants ! »

Je n'eus qu'à demander qui elle était pour apprendre que son mari, le révérend Henry Martindale, poursuivait, depuis la nuit précédente, la *course* du mont Blanc. Il avait pris ses mesures pour aller et revenir en un seul jour ; « histoire de ne pas découcher », comme insinuait mon interlocuteur d'un air malin, tout en désapprouvant le tour de force projeté. La veille, paraît-il, une vive discussion avait publiquement agité les deux époux, lorsque les guides désignés étaient venus aux ordres : « Non, tu n'iras pas ! » criait la femme. Lui répondait tran-

quillement : « J'irai, ma chère. » L'hôtelier les connaissait bien « ces satanés Anglais ». Combien il en avait vu revenir, la face brûlée par la réverbération du soleil sur la neige, les joues pelées, la

MA VOISINE QUI, DE SA PETITE MAIN, MAINTENAIT SON ŒIL GAUCHE FERMÉ.

langue noire, les lèvres boursouflées, et tous accueillant les soins empressés qu'on leur offrait par le même refus. Ils étaient toujours « all right » et « not fatigued... » Ce qui avait mis si promptement debout M^{me} Martindale, c'est que la trompette l'avait prévenue qu'on commençait à apercevoir les ascensionnistes dans le télescope.

Je voulus savoir si le voyageur parviendrait bientôt au sommet.

« Déjà dix heures ! fit l'hôtelier en consultant sa montre. Voilà tantôt quatre heures qu'il a quitté les Grands-Mulets. Il ne sera pas au but avant deux heures et demie ou trois heures de l'après-midi. Comptez ensuite huit heures pour redescendre ; il ne peut être revenu avant onze heures du soir. Et encore s'il a emporté des jambes de rechange ! »

Sans m'attarder davantage, je me mis à la recherche du télescope, guidé par le tapage de la trompette.

Dès que je parus, un petit gros homme, à face réjouie, interrompit sa musique et me proposa d'essayer son appareil d'optique.

« Ce n'est que cinquante centimes pour toute la journée. »

Juste à ce moment, la place était occupée par ma voisine qui, de sa petite main, tenait son œil gauche fermé et regardait avec toute l'acuité de l'autre.

Je fis signe au télescopiste que j'attendrais. Alors il s'approcha de sa cliente :

« Madame a-t-elle bien vu ?

— Oui, répondit-elle sans bouger.

— C'est qu'il y a là un monsieur qui voudrait voir. »

J'intervins immédiatement pour prier cette dame de ne point se déranger ; mais elle fit un pas en arrière et triompha de mon insistance en me déclarant, dans un français très correct, que son regard était fatigué.

Le petit gros homme me dit alors :

« Monsieur voit-il bien ?

LE PREMIER, AVEC SA PIOCHE, TAILLAIT SANS S'ARRÊTER.

— Pas très distinctement. »

Il manœuvra un bouton de cuivre.

« Et maintenant ?

— Je ne vois plus rien du tout.

— Très bien ! » déclara-t-il avec autorité.

Et il recommença à tourner sa manivelle. Peu à peu les voiles qui obscurcissaient le champ de la lunette s'évanouirent, et je discernai trois points noirs qui s'agitaient dans l'immensité blanche. C'étaient des hommes, et ils avaient l'air de fourmis. La vision était poignante à méditer et grotesque à découvrir.

En même temps, le mont Blanc se révélait à moi dans sa grandiose horreur, sous un aspect nouveau. Le soleil inondait de sa lumière, enfin débordée de toutes parts, un chaos de neiges éblouissantes. Partout où le regard nu ne saisit qu'une surface inclinée mais uniforme, la puissance du télescope met en valeur des pyramides de glace hautes comme des édifices et des crevasses larges comme des fleuves. Pêle-mêle des escarpements prodigieux et des taches sombres qui sont l'ouverture d'abîmes sans fond, des arêtes tranchantes, des blocs écroulés, des dômes, des cavités en forme d'entonnoir, des voûtes ébranlées, des ponts fragiles. Nulle trace de bêtes sauvages ni d'oiseaux n'apparaît dans ces régions abruptes et gelées ; le seul bruit des avalanches et de la foudre éclate parfois dans leur désolation inaltérable.

Les trois hommes avançaient à petits pas, reliés à la ceinture par une corde mal visible.

Leurs membres remuaient comme des pattes d'insectes.

Le premier, avec sa pioche, taillait, sans s'arrêter, des degrés superficiels dans la glace ; les autres emboîtaient ses traces, le dernier chargé d'un sac.

« Permettez ! » me dit soudain le télescopiste. Et, substituant son œil au mien, il s'écria :

« Dans un quart d'heure, ils vont atteindre le Grand-Plateau et disparaître jusqu'à midi. »

Sur ces mots, il emboucha éperdument sa trompette et se remit à sonner son bizarre ralliement.

Je me retirai aussitôt, de façon à laisser la jeune femme jouir des dernières minutes d'un spectacle qui l'intéressait plus particulièrement que moi ; et la saluant avec respect, j'allai déjeuner.

La grande salle à manger des hôtes était déserte, tous les pensionnaires de l'*Ours* étant partis en excursion depuis l'aube,

répondit, avec une grâce mutine, qu'elle aurait été estimée comme un embarras.

Elle s'informa aussi des projets que je

ceux-ci à la Flégère ou à Planpraz, ceux-là au Montanvers ou aux gorges de la Diosaz.

On me pria de prendre place au bout de la table, dont le couvert était déjà préparé entièrement pour le soir ; et lorsque M^me Martindale apparut à son tour, on l'installa en face de moi.

Il me sembla plus convenable d'entrer en conversation avec elle que de la dévisager sans mot dire ; et, d'autre part, elle était trop charmante pour que je me privasse de la regarder dans les yeux.

« Vous n'avez pas été tentée, madame, lui demandai-je, d'accompagner monsieur votre mari au mont Blanc ? »

J'avais adopté cette phrase d'introduction parce qu'elle était d'allure assez rassurante pour n'aviver aucune angoisse, et propre en même temps à nous familiariser.

M^me Martindale ne se formalisa pas de me voir renseigné sur sa situation, et me

pouvais former à l'égard de cette redoutable ascension.

Je lui répliquai que la faiblesse de ma poitrine m'interdisait les altitudes où l'air est rare et froid.

Cela la fit m'entretenir de son enfance qu'elle avait passée à Menton, condamnée par les médecins. Lorsqu'elle était encore toute petite, sa sœur aînée était morte là-bas, dans une maison verte de la baie de Garavan, entourée d'oliviers tristes et de citronniers. Les années s'étaient lentement écoulées au milieu de nouveaux deuils, mais la santé lui était tout à coup revenue ; et, depuis son mariage, elle ne toussait presque plus.

Ah ! son mariage ! autant que j'en pus juger, toutes ses joies sur terre dataient de là.

Elle se mit à me parler abondamment du Révérend Henry Martindale. Elle m'apprit qu'il avait le même âge qu'elle et me cita, pour constater si nous avions des amis communs, toutes les personnes qu'il connaissait en France. C'étaient des Jackson, des Johnson, des Dickson, des Williamson à n'en plus finir. Et, depuis lors, il ne fut plus question que d'Henry, *son* Henry : de ce qu'Henry disait, faisait ; de ce que pensaient d'Henry les personnages les plus distingués ; des pays qu'il avait déjà visités ; de ceux dans lesquels il avait décidé de se rendre l'année suivante, etc.

J'aurais voulu donner à cette petite bavarde une favorable opinion de moi par des reparties heureuses, des appréciations pleines de conscience ou de générosité, des allusions triées parmi les actes de ma vie dont je tirais quelque vanité : ce fut impossible.

Il n'y avait qu'Henry au monde et toujours Henry !

Elle poursuivait une histoire interminable dans laquelle Henry, encore collégien, répétait pour je ne sais quel motif :
— « Non, monsieur le recteur, vous ne me ferez pas plier !... » lorsque les notes criardes de la trompette vinrent lui couper la parole.

Instantanément, elle se leva, ainsi qu'elle avait déjà fait ; et, presque sans prendre congé de moi, d'un revers de main, elle décrocha son chapeau et s'enfuit comme une perdrix.

Petite Annie, vous ne m'avez point alors laissé l'idée que vous étiez un puits de science, ni un trésor d'esprit. Mais vous m'aviez montré une douce créature aimante ; et qu'avais-je, d'ailleurs, besoin d'écouter vos propos, lorsque j'étais libre d'admirer le jeu innocent de vos cils pudiques et les rondes fossettes de votre bouche ?


### III

Avant de sortir, je m'acquittai de quelques lettres et je prévins un ami, qui m'attendait à Vevey, que, le lendemain, je gagnerais la Suisse par le col de Balme.

Ces occupations m'avaient assez longuement retenu ; et lorsque je franchis le seuil de l'hôtel, je fus surpris des perturbations qui s'étaient produites dans l'atmosphère.

Il soufflait un âpre vent d'ouest ; et, quoique les régions supérieures restassent sereines, des nuages roux et gris apparaissaient de différents côtés et circulaient, à mille mètres environ, au-dessus de la vallée. Ceux-ci, poussés en touffes dans les clairières, semblaient encore immobiles ; ceux-là, en loques, flottaient à la cime des vieilles forêts. D'autres, aux abords des cascades, s'élevaient comme des jets de vapeur, et, subitement aplatis par la résistance de l'air, ils s'allongeaient à la base de l'Aiguille du Midi et rampaient sur ses parois, en s'entortillant autour des pierres.

Des nuées plus épaisses s'avançaient par le col de Voza.

Un coup de canon ne tarda pas à ébranler majestueusement les murailles naturelles de cette contrée close. Je savais que c'est l'usage local de célébrer ainsi l'arrivée des touristes au sommet du mont Blanc. Cela m'inspira la curiosité d'examiner l'attitude d'un de mes semblables qui planait sur toute l'Europe, et dont l'horizon prodigieusement élargi s'élevait aux Apennins, parmi les races latines, pour retomber dans les plaines où naissent le Danube et le Rhin, entre la Forêt-Noire et les monts de Bohême.

Je me dirigeai encore une fois vers le télescope, qu'un public nombreux entourait. Comme il était facile de le supposer, M<sup>me</sup> Martindale était là, nerveuse, impressionnée, attendant son tour.

Le petit gros homme se démenait avec bonne humeur :

« Apercevez-vous bien les Bosses-du-Chameau ? disait-il. C'est l'endroit le plus périlleux à la descente. »

Et faisant évoluer son appareil :

« Maintenant, voilà les Rochers-Rouges... La pente qui les précède est également très pénible. Pouvez-vous me dire ce qui la termine ?

— Une crevasse, répondit un vieux monsieur qui se courbait avec effort et tendait l'œil, en ouvrant la bouche.

— Une crevasse ! c'est bien cela ! fit l'homme, enchanté. La catastrophe du doc-

JE JETAI UN COUP D'ŒIL SUR M<sup>me</sup> MARTINDALE.

teur Hamel est survenue là. Trois hommes ont péri... Et ce petit garçon, il voudrait bien regarder un peu... Oui, madame, c'est cinquante centimes aussi pour les enfants. »

Quelqu'un annonça bientôt que la caravane se remettait en marche, et il ajouta :

« Le touriste a l'air de n'en plus pouvoir. »

Je jetai un coup d'œil sur Mme Martindale. Elle n'avait peut-être pas prêté d'attention à cet avis, car sa physionomie demeura impassible ; mais, dans ses doigts nus, elle tordait ses gants avec une impatience fébrile. Avant qu'elle pût s'approcher, une famille entière dut encore se succéder.

La mère, une personne maigre et âgée, murmura seulement :

« Oh ! les malheureux !... Est-il permis ? »

Le père, et après lui les fils, de grands jeunes hommes rayonnant de santé, ricanèrent de la peine que prenait l'ascensionniste ; et ils s'interpellèrent pour se demander si, franchement, ils ne préféraient pas, les uns et les autres, être là où ils étaient.

« Hein ? mon gaillard !

— Parbleu !... pas si bête... »

Je fus indigné de cette gaieté. Ce n'était point seulement parce que ma nouvelle amie pouvait en être froissée. Ce n'était point non plus que le fait de gravir le mont Blanc me parût une forme bien recommandable du courage. Mais quelque chose m'avertissait que, dans les alternatives de la vie, en présence du danger nécessaire ou de toute autre circonstance critique, le rôle méritoire eût été moins volontiers assumé par ces passants que par le marcheur inconnu et las dont ils se moquaient.

Enfin, Annie Martindale s'empara de la longue-vue. Elle fronçait les sourcils ; ses dents étaient serrées.

Le soleil s'était lentement couvert. Un rayon oblique s'échappait encore jusqu'à la chaîne du Brévent ; mais des nuages nou-

veaux montaient, suivis d'autres sous le vent, et se pourchassaient maintenant vite sur les pentes du mont Blanc. Les Grands-Mulets furent enveloppés d'un brouillard bleu, comme une fumée de cigarette, qui se déploya au-des-

sus de ces puissants rochers, avec la prestesse d'un éventail.

Tout à coup la jeune femme se redressa, très émue, la gorge palpitante, et elle me dit, comme elle se fût sans doute adressée à quiconque l'eût avoisinée :

« Henry a disparu derrière le nuage ! »

L'homme au télescope, qui soufflait dans sa trompette, s'arrêta subitement à ces mots, et, considérant la montagne :

« Oh ! oh ! fit-il, l'orage se dispose. On ne verra plus rien d'aujourd'hui. »

Je m'empressai d'ajouter :

« Il ne faut pas vous alarmer, madame. Les nuages vont se dissiper aussi vite qu'ils se sont formés. »

Et, tirant un baromètre de ma poche, je lui fis constater que le temps était au beau. J'achevais à peine ma démonstration, quand un coup de tonnerre éclata brutalement. Par un geste inconscient, la pauvre petite boucha ses oreilles et

se sauva vers l'hôtel, ainsi qu'une folle. Je pensai qu'elle allait prier.

Une demi-heure après, l'orage était installé au-dessus de Chamonix. Les fracas de la foudre, prolongés par un système d'échos inouïs, roulaient sans interruption. Des gouttes d'eau, pesantes et d'abord espacées, étoilèrent la poussière. Puis l'averse devint drue, plus fine et générale

## IV

Je revenais de la poste, lorsque je fus assailli par une vive bourrasque chargée de grêlons, et je dus m'abriter sous l'auvent d'un vendeur d'agates et d'améthystes, où un groupe d'individus s'étaient déjà rangés.

Ces gens robustes et halés, les mains dans les poches et les yeux à terre, s'entretenaient de la montagne comme des enfants parlent d'une marâtre ; et ils échangeaient des réflexions terribles, d'une voix douce et résignée.

« Il y avait trop longtemps qu'elle n'était pas mauvaise ! murmura l'un, je sentais bien que ça ne pouvait pas durer. »

Un autre reprit :

« C'est dur tout de même d'avoir à lui mendier son pain ! »

Et tous se mirent à discuter les chances de survie qui pouvaient rester à la caravane.

« A la hauteur où elle est encore, ce n'est bien sûr pas de la pluie qu'elle récolte, c'est de la neige.

— Dans ce cas-là, on ne distingue pas à cinq pas devant soi ; de peur des abîmes, on n'ose pas avancer.

— C'est pas tant ça, objecta un vieillard ; mais de quel côté veux-tu qu'on se dirige ? Quand on ne voit partout que de la neige, sous ses pieds, sur sa tête, à gauche, à droite, on ne sait plus où aller. Il n'y a pas de carte ni de boussole qui tienne : il faut demeurer sur place et s'asseoir si on veut pas être décroché par l'ouragan.

— Oui ! et puis que ça dure seulement une couple d'heures et on est gelé !... Moi, tant pis ! j'irais de l'avant ! »

Le vieux, qui s'était déjà prononcé, se contenta cette fois de hausser les épaules et de hocher la tête, en homme qui avait appris à discerner le possible de l'impossible.

JEAN CONTINUA SON CHEMIN.

Comme un guide passait, en hâte, ruis-
selant d'eau, ses camarades le hélèrent :

« Hé ! Jean, tu retournes au hameau ? »
Jean fit un signe affirmatif et continua
son chemin.

Alors, celui qui était auprès de moi me
dit :

« C'est le père et le frère à Jean qui sont
en détresse avec l'étranger. Il va tenir société à la vieille. »

Depuis quelques minutes seulement, je
venais de comprendre tout le tragique de
la situation.

Jusque-là, grâce au sang-froid avec lequel on envisage ordinairement les aventures d'autrui et à la tendance qu'on a d'en
atténuer la gravité, le sort des voyageurs ne
m'avait point inspiré de sollicitude définie.
A la vérité, j'avais vaguement entrevu qu'une
complication s'adjoignait aux difficultés
normales de leur itinéraire ; mais je ne m'en
étais point tourmenté, l'obsession des soucis
personnels m'ayant promptement ressaisi.

Désormais, renseigné par l'expérience
des montagnards, je savais qu'une question
de vie ou de mort était en suspens, et l'instinct de la solidarité humaine s'éveillait chez
moi.

La densité des nuages s'accroissait sans
cesse et la chute du soir fut rapide.

L'intempérie avait chassé les promeneurs
des rues de Chamonix ; quelques habitants
étaient réunis dans certaines boutiques où
les lampes étaient allumées, chez les photo-
graphes, les cabaretiers, les marchands de
cannes, de chaussures et de bois sculpté.

D'une porte à l'autre on colportait, non
point des nouvelles, mais des appréciations
et des souvenirs. On délibérait sur la catastrophe probable, sans s'agiter, puisqu'on
n'y pouvait rien. Il ne manquait point,
par-ci par-là, de beau parleur qui imagine
ce qu'il conviendrait de faire une autre fois,
ni de celui qui a vu plus fort que cela.

Enfin, la cloche de l'*Ours* sonna la convocation du dîner.

Contrairement à la coutume, les con-
vives étaient loquaces en se mettant à table.
Désireux sans doute de rééditer les opinions
qu'ils venaient déjà d'exposer ou d'entendre
au dehors, de diverses parts, ils débattaient
les alternatives du drame qui s'accomplissait librement.

Et peu à peu le sujet s'épuisa, les con-
versations se particularisèrent, chacun substituant sa propre individualité à celle des
héros en cause par des analogies prétendues
et des comparaisons anecdotiques...

Deux sièges restèrent vides à côté de
moi ; et on les avait indiqués tout d'abord
comme ceux où, la veille, le pasteur et sa
femme s'étaient placés pour le repas du soir.

... A cette heure, je me les représentais
sans cesse : l'un perdu dans les déserts glacés, muet, accroupi sur la neige, le menton
entre les genoux ; l'autre réfugiée dans sa
misérable chambre d'hôtel, éperdue d'angoisse, aucune torture physique ne venant
la distraire. Et je me demandais qui des
deux était le plus seul et qui avait le plus
froid ?

### V

Toute la nuit, on pleura dans la pièce
voisine ; et des supplications adressées à
Dieu s'échappèrent avec des sanglots déchi-
rants.

Je ne me couchai point. Enveloppé d'une
couverture de laine, je me tenais devant
ma fenêtre ouverte, sondant du regard la
profondeur de l'obscurité, la figure cinglée
par un vent humide.

Le tonnerre grondait encore par inter-
valles. La pluie tombait toujours, en bruis-
sant sur les tuiles du toit, et les gouttières
ruisselantes se dégorgeaient avec des reten-
tissements sourds, monotones et sinistres,
ainsi qu'en provoquent les pelletées du fos-
soyeur.

... Parfois, les plaintes de l'abandonnée
prenaient un ton plus âcre, et c'était comme
des cris de révolte. Je songeais alors au caprice de la nature par lequel ces deux êtres,
qui s'appelaient, étaient à la fois si près l'un
de l'autre et si loin : si près, qu'avant le
trouble de l'atmosphère ils pouvaient se voir
et presque échanger leurs pensées par des si-

gnes ; si loin, qu'aucune volonté ni puissance humaine n'était capable de les réunir, et que peut-être leur séparation commençait pour l'éternité.

… Puis les gémissements s'attendrissaient et se modulaient en soupirs d'amour. J'eus la réminiscence de cette phrase, écoutée la veille :

« Vous souvenez-vous, Annie, de cette petite chambre d'Inverary ? Elle n'était pas plus grande que celle-ci ? »

Hélas ! cette petite chambre inoubliable d'Ecosse, elle n'est ni à Inverary ni à Chamonix ; mais elle est partout. Moi aussi, je l'avais habitée : c'est celle où l'on a été deux et où l'on s'est aimé.

… A certains moments, il me sembla que la douleur d'Annie Martindale s'apaisait, et qu'il passait probablement, dans sa poitrine, un souffle d'espérance. Je me surpris à partager les illusions que je lui attribuais ; et un retour heureux me semblait vraisemblable. C'était faire bon marché de la tempête, du manque d'abri et de provisions, des vingt degrés de froid qui enserraient les pieds et pesaient sur le torse mal couvert du pasteur… Subitement, je m'étonnai de ce que sa destinée seule m'eût touché jusque-là, et que je n'eusse pas encore associé, dans ma commisération, ses compagnons d'infortune. Pourtant ils m'étaient également inconnus tous les trois ; et ils auraient dû m'être aussi indifférents ou m'intéresser au même degré. Les autres aussi étaient attendus par une femme éplorée, la vieille, comme on l'avait désignée, qui était doublement frappée dans ses affections d'épouse et de mère. Je ne m'en préoccupais pas néanmoins ; j'acceptais délibérément l'idée de leur perte. Sans doute qu'à mon insu, par l'égalité de la classe sociale, je m'identifiais davantage aux épreuves de M. Martindale. N'y avait-il pas aussi, dans l'affaire de ce dernier, une femme jeune et jolie dont je m'étais approché ? Quelle misère !

… Une seule fois, ma voisine ouvrit sa fenêtre. Je me penchai et je crois qu'elle m'aperçut. Mon intention était de lui adresser la parole ; mais lorsque je cherchai ce qu'il m'était permis de lui dire à cette heure tragique, je reconnus le néant ou l'absurdité des mots consolateurs. Et je n'osai point davantage essayer de la réconforter par des assurances hasardées, dans l'ignorance où j'étais de l'avenir.

Oh ! que j'aurais voulu ne point être là !…

Je restai donc silencieux, contemplant avec une liberté inconsciente ces cheveux épars, ces beaux yeux rougis et noyés de larmes, ces mains enfantines et crispées autour d'un mouchoir mince par l'extase de la douleur.

Il me sembla que son regard m'implorait, quand elle se retira. Peut-être aurait-elle préféré que je lui parlasse, même pour lui dire des mensonges qu'elle n'aurait pas crus ?…

. . . . . . . . . . . . . . . . .

Je sortis de très bonne heure et je me promenai pendant très longtemps, à l'aventure.

Le vent avait sauté vers le nord, mais il pleuvait toujours. Les routes étaient détrempées, et, sur le flanc des monts, l'eau bondissait, de toutes parts, en torrents.

De loin en loin, je rencontrais des gens de la vallée que je consultais sur la durée probable du mauvais temps et dont je tirais des oracles contradictoires.

J'atteignis enfin le hameau de Servoz et je déjeunai dans une auberge, devant laquelle deux aigles captifs, le mâle et la femelle, glapissaient pitoyablement, tandis que leurs prunelles ardentes invoquaient la voûte menaçante des nuages. Par un retour, je me demandai si la prévoyance humaine n'aurait point accompli une œuvre meilleure, en ayant enchaîné le couple Martindale à la place de ces farouches oiseaux et en ayant rendu ceux-ci à leurs jeux familiers parmi les rafales.

Vers le milieu de l'après-midi, la pluie avait cessé dans la plaine, et je regagnai le chemin de l'hôtel de l'*Ours*.

Le voile du ciel commençait à se déchirer ; et, sur l'Aiguille du Goûter, qu'enveloppaient encore des brumes jaunes comme les émanations d'un fourneau d'asphalte,

LE VOILE DU CIEL COMMENÇAIT A SE DÉCHIRER.

déjà des saillies lumineuses de neige cre-
vaient l'ombre de la nuée, ainsi que des
phares blancs.

Après une longue marche, qui m'avait
ramené au delà des premières masures de
Chamonix, j'eus, en me retournant, le spectacle d'une apparition sans pareille.

La bise avait dégagé le mont Blanc des
nuages qui le cachaient depuis vingt-quatre
heures. La flamme affaiblie du soleil
couchant en reprenait l'empire et trans-
formait cette partie de la terre en un
océan rose où des rocs bruns et rares
émergeaient comme des îlots.

Je pensai aussitôt à Annie Martindale et il me sembla que son visage
désolé recevait le reflet fugitif de cette
teinte radieuse. Mais, comme si la vie
s'en retirait, la montagne ne tarda pas
à être reconquise par son habituelle lividité.

J'arrivai sur la place à temps pour assister aux préparatifs d'une troupe de douze
guides, qui, sur la convocation du maire,
avaient réclamé la tâche ingrate et redoutable de rechercher la caravane perdue. Ils
s'en allaient coucher à la cabane des Grands-
Mulets afin de partir, dès l'aurore, à la
découverte, parmi les défilés de glace pour-
vus d'avalanches fraîches et les champs de
neige où les fondrières de la veille ne se dé-
tachaient plus.

La foule des indigènes et des étrangers
entourait respectueusement ces héros igno-
rés, et le prêtre de la paroisse leur donnait
la bénédiction.

### VI

La nuit se passa sans incidents.

Je supposai même que ma voisine, acca-
blée par la fatigue, avait trouvé quelque
sommeil, car rien ne me révéla son existence.
Il est possible aussi que je ne l'aie pas entendue parce que je dormis mal, mais longtemps.

Je fus éveillé en sursaut, vers huit
heures du matin, par la trompette grêle de
l'homme au télescope. Tout ridicule que fût
ce bruit, il me causa une sensation profonde ; et d'autres songèrent peut-être,
comme moi, à l'appel des morts que l'ange
doit faire dans la vallée de Josaphat.

Quelques instants plus tard, je sortais

avec empressement de ma chambre, quand
Annie Martindale ouvrit sa porte et se
présenta transfigurée, le regard et la mise
en désordre, couverte encore de l'habille-
ment qu'elle portait deux jours auparavant.

« Monsieur, me dit-elle, je ne vous demande que la vérité ; mais quelle que soit
la nouvelle que vous ayez à m'annoncer, promettez-moi de me l'apporter, dès que vous
la connaîtrez. »

Et l'éternel enfant, qu'est la femme,
s'excusa de son indiscrétion, de son aspect,
même — si je compris bien — du fouillis
de sa chevelure.

Lorsque je fus dehors, une partie de la
population, répandue dans la rue, discutait
déjà des renseignements acquis.

Le guide-chef, auquel un accord tacite
avait réservé l'usage du télescope, lâchait
de temps en temps quelques mots :

« ... Ils sont huit à redescendre les
Grandes-Montées... ils rapportent deux

corps... Les voilà qui s'arrêtent... On change les porteurs... »

Des voix s'élevèrent :

« Et le troisième ?... Ceux qu'on ramène ont-ils l'air de remuer ?... Peut-on les reconnaître ?...

— Non ! fit le guide-chef, en se frottant les yeux. »

Et se tournant vers celui qui était le plus proche :

« Regarde si tu seras plus habile. »

L'autre continua :

« Ils repartent à la file... Deux devant, deux derrière, les porteurs au milieu... Mais pour dire qui c'est, vrai, je ne le pourrais pas !... Où sont donc les quatre autres ?... »

Il fit circuler l'objectif :

« J'en aperçois maintenant qui reviennent par le Mur de la Côte... Nom de nom ! un qui glisse ! C'est pourtant pas l'occasion... Ah ! bravo ! bien relevé !... Ils dé-

MAIS RIEN NE FUT PLUS LAMENTABLE QUE LE SOURIRE, COMPOSÉ PAR SES LÈVRES...

valent par le Corridor... Je ne les vois plus... »

Un brouhaha planait sur la foule.

C'étaient les hypothèses qui allaient leur train.

« ... Les corps retrouvés étaient-ils morts ou vivants ?... Quels étaient-ils ? Les deux guides ? Ou l'un d'eux et le touriste ?... Qu'était devenu le troisième ?... »

Tels étaient les problèmes que le public agitait passionnément, sans même posséder les indices qui autorisent à supposer. Toutefois, je n'en avais pas moins à m'acquitter de ma mission. Estimant qu'il ne servirait à rien d'attendre encore, je remontai.

Après avoir frappé, j'entrai dans une chambre où régnait un parfum subtil. Sans y faire attention, je distinguai confusément que le lit n'était point défait ; de petites pantoufles, coiffées du chapeau de feutre gris, se dressaient sur la cheminée ; au-dessus d'une malle étroite et ouverte bouffaient les vêtements des deux sexes étrangement accouplés, et il en surgissait le fin museau d'un chien qui grogna...

Au milieu de ce désarroi, une femme, agenouillée sur le parquet, se leva pour me recevoir.

« C'est affreux ! s'écria-t-elle, lorsqu'elle m'eut écouté. Dieu saint ! n'ai-je point assez souffert ?... Henry est peut-être sauvé, et moi je ne le sais pas !... Quelle est votre idée, monsieur ?... S'il revenait cependant avec la troupe qui ramène ses compagnons ?... D'ici, on ne reconnaît personne... Pourquoi ne serait-il pas un de ceux qui marchent en avant ou en arrière ?... Henry est si énergique et si adroit !... Comment n'en rapporte-t-on que deux, tandis qu'ils étaient trois attachés ensemble ? »

Puis, regardant autour d'elle, comme pour s'assurer qu'elle n'oubliait rien, elle ajouta :

« J'y vais. »

Je l'arrêtai aussitôt, en lui représentant que sa tentative était inutile, et même impraticable pour une femme, dans l'état du chemin...

Elle m'interrompit :

« Je passerai malgré tout.

— On ne vous laissera pas partir. »

A cette menace, elle réfléchit, et tout d'un coup, avec un sans-gêne sublime, —

ILS REPARTENT A LA FILE.

mais une femme devine aisément qu'on lui est soumis :

« Monsieur, me dit-elle, allez aux Grands-Mulets !... Je ne puis plus rester dans le doute... »

Les larmes et les suffocations l'étouffèrent.

J'avais, d'un geste, accepté la tâche ; mais l'homme est tellement égoïste qu'en même temps j'eus la faiblesse de remarquer qu'elle ne se souvenait plus de la confidence que je lui avais faite naguère sur la sensibilité de ma poitrine. Ce sentiment d'amertume n'eut que la durée d'un éclair, mais il traversa mon âme, je le confesse.

Elle reprit, d'une voix entrecoupée :

« Il y a sur la cabane un drapeau qui flotte toujours et qui apparaît très bien dans la longue-vue... Si je ne dois plus espérer, vous ferez plier la toile autour du mât... Tant que je n'aurai point vu ce signal, je serai patiente... et confiante.

Annie Martindale pleurait bien fort en parlant ainsi ; mais rien ne fut plus lamentable que le sourire, composé par ses lèvres pour me remercier, quand elle me dit adieu.

## VII

A quatre heures de l'après-midi, et non sans aide ni sans peine, j'abordai le premier rocher des Grands-Mulets. La plupart des éclaireurs y étaient de retour.

En attendant leurs camarades, ils se réchauffaient, mangeaient, buvaient devant un foyer, et, dans la légitime appréhension d'une descente nocturne avec leur funèbre charge, ils avaient remis leur départ au lendemain.

Au fond d'une petite pièce où l'on me conduisit, deux cadavres sur le même lit reposaient, de toute leur étendue rigide.

On me désigna une face bleuie qui terminait un corps raide et svelte.

« C'est l'Anglais... Celui qui a la barbe grise, c'est le père Gailland. Son fils aura dû chercher à s'évader en se séparant de ses compagnons... Tenez, voici la corde qui reliait encore les deux qui sont là : le bout en a été coupé avec un couteau. Il faut que le malheureux ait glissé dans quelque

gouffre, car nous ne l'avons pas retrouvé. »

Je couvris, d'un long regard, la dépouille mortelle du révérend Henry Martindale ; et, si les mirages d'un cerveau en ardeur pouvaient s'en détacher et se condenser dans l'air, j'eusse laissé à ce jeune homme, pour le veiller pieusement, l'image idéale de sa chère Annie, que j'avais apportée en moi.

Sur la poitrine effondrée du pasteur, un objet plat saillissait dans une poche de la tunique.

Je ne crois pas avoir commis une profanation en y portant la main, car l'esprit de recueillement ne m'a jamais pénétré davantage.

Je retirai un carnet de l'Alpine-Club, qu'une écriture serrée avait couvert de notes.

A un endroit les caractères devinrent soudain moins sûrs, presque grossiers, peu distincts. Ceux-là étaient datés de l'avant-veille.

J'y déchiffrai ces lignes sans apprêt et même naïves ; mais les mots prennent une valeur imprévue quand ils figurent dans un testament, et lorsque leur simplicité révèle la hâte d'un agonisant.

« Sept heures du soir.

« ... Comme il fait froid !... Les guides sont très inquiets...

« Nous venons de partager les vivres : le pain et le vin sont gelés... La foudre fait un bruit terrible et doit souvent s'abattre auprès de nous ; mais les nuages qui nous enferment sont si épais qu'on n'aperçoit pas les éclairs... J'écris avec une torche entre les genoux... Quand serons-nous délivrés ?... Il neige toujours... J'ai peur de ne plus revoir Chamonix... »

La page avait été abandonnée sans être finie, et la suivante reprenait ainsi :

« ... Quelle heure est-il ? Ma montre est arrêtée au chiffre douze... Est-ce midi ou minuit ?... que cette obscurité est horrible... J'ignore si mes hommes dorment ou s'ils sont évanouis ; mais ils ne me répondent plus... Pour moi, je suis perdu. Déjà mes pieds sont gelés... Je vais mourir, croyant en Dieu et en Jésus-Christ... »

Ici une grosse barre, tirée à trois reprises, séparait ce qui précède de ce qui suit :

« A une amie bien-aimée :

« ... Je ne vous verrai plus dans ce monde !... Me convaincre de cette vérité est le seul mal que j'éprouve encore... Sachez que vous avez été toute ma félicité, ô vous, vertueuse, modeste, brave petite femme !... Vous n'étiez craintive que pour moi... Oh ! si je vous avais écoutée ! Je serais juste à présent dans vos bras... Je voudrais être bien sûr que vous me pardonnerez la peine que je vous cause... Soyez assez généreuse pour répondre à nos amis qu'Henry Martindale a été tué en essayant une entreprise dont vous êtes fière. Je sais la figure noble

et hardie que vous aurez pour soutenir cela... Annie adorée ! laissez-moi encore vous déclarer que la raison était avec vous le jour où

je vous ai tant fait pleurer parce que vous aviez accepté les fleurs de la tante Cora... Quand vous la verrez, priez-la en mon nom d'oublier nos discordes et de se convaincre que j'étais un caractère vif, mais non pas un parent dénaturé... Combien de choses j'aurais encore à vous expliquer. Ainsi, le soir où je suis rentré si tard à Stirling, sans vouloir vous dire d'où je venais... Mais vous ne devez plus vous rappeler cette futilité... Hélas ! mes doigts glacés ne peuvent plus rien tenir... Mes yeux se ferment malgré moi... L'aurore a peut-être commencé pour vous ; mais ici, la neige redouble d'épaisseur... et ma torche s'éteint... Au revoir, mon Annie, dans l'existence éternelle. Pour vous sera mon dernier soupir !... »

Au delà, les traces de crayon sur les feuillets étaient informes et ne ressemblaient plus à des lettres.

J'avais lu à haute voix, et les guides, approchés peu à peu sur la pointe de leurs gros souliers, m'avaient écouté silencieusement, en essuyant, comme moi, de grosses larmes sur la peau tannée de leurs visages.

Lorsque j'eus repris du calme, je m'avisai qu'il était tard et que je ne pouvais plus désormais différer mon retour. Je me souvins aussi de mon devoir envers la veuve.

Le drapeau, libre et triomphant, claquait au-dessus de ma tête. Je le contemplais douloureusement, en songeant à celle qui, là-bas, respirait plus fort à chacun de ses élans ; et je réfléchissais qu'il ne dépendait plus que de mon ordre d'étouffer, dans les plis de ce drapeau, l'âme qui s'envolait jusqu'à lui.

« Tant qu'il sera déployé, m'avait avoué la faible créature, je serai confiante et patiente. »

On peut me juger comme on voudra : je partis sans faire amener le pavillon.

Il vous restait encore, Annie Martindale, quelques heures à sentir palpiter dans votre cœur les illusions les plus sacrées, vos rêves de bonheur, les espérances de votre jeunesse, la foi de votre innocente vie. Je n'ai point eu le courage de vous arracher ces biens irrécouvrables avant la dernière minute fixée par le destin... Lorsque le temps de me maudire aura été passé... beaucoup plus tard... vous aurez peut-être compris et pardonné la trahison que m'avait inspirée, envers vous, une de ces amours éphémères, discrètes, chastes et bonnes qui parfument la pensée d'un souvenir triste et pur

.   .   .   .   .   .   .   .   .   .   .   .   .   .   .

Je ne rentrai pas dans Chamonix. Sur ma demande, mes guides me conduisirent à travers les bois jusqu'au village d'Argentière, d'où j'envoyai quérir mon bagage et payer l'hôtel.

# Le
# Secret du Glacier inférieur

## LE SECRET
## DU GLACIER INFÉRIEUR

### I

La mystérieuse disparition de Rudolph Schuchmann, de Francfort, avait produit un vif émoi dans le Grindelwald, où le banquier était favorablement connu pour sa bravoure et sa richesse.

Depuis trois ans qu'il venait passer le mois de juillet à la pension du *Grand-Moine*, on avait même pris l'habitude de le nommer familièrement M. Schuch.

Parmi la population disséminée entre les deux Scheideck, les uns soutenaient qu'il y avait eu crime ; les autres croyaient encore à un simple accident.

Aussi, le 2 août 1809, jour de l'enquête, il y avait foule sur la place, devant l'édifice communal.

La compagnie des guides fut introduite dans la salle d'audience : et ces hommes jeunes, mûris par la lutte quotidienne, s'installant sur les bancs disposés à cet effet, alignèrent leurs têtes découvertes et impassibles. Mais le trouble intérieur de tous se trahissait par un mouvement des doigts, qui faisait tourner la rangée des chapeaux ronds comme des roues en recul.

Quand le syndic eut constaté par l'appel que la troupe était au complet, il interpella

un individu gigantesque et pâle, qui jusqu'alors s'était tenu humblement à l'écart, debout contre la porte.

« Ulric Tagmer, faites votre déclaration. »

Celui-ci s'avança d'un pas incertain ; et, s'appuyant sur la table, il s'exprima dans ces termes, tandis que le greffier écrivait :

« Nous sommes partis le mardi, à cinq heures du matin, pour aller coucher sur le roc de la Schwarzegg et monter, le lendemain, au pic de Terreur... Je ne jugeais pas possible de parvenir à cette cime, mais je n'avais pas osé refuser la proposition, par amour-propre. Du reste, M. Schuch... (il reprit) M. Schuchmann m'avait promis cinquante thalers, que nous réussissions ou non... Pendant trois heures, nous avons gravi le Glacier Inférieur sans trop de difficultés. Mon compagnon était très gai et il m'a dit : « Ulric, j'ai idée que ça ira tout seul. » Je lui ai riposté : « Cela pourra bien être, M. Schuch. » Il se mit à rire de ce qu'il m'était échappé de prononcer ainsi son nom... Une autre fois, il m'a dit : « Ulric, il me tarde d'être au rocher, car je n'ai jamais eu si faim... » Après cela, il n'a plus parlé, parce que l'ascension devenait pénible et suffocante... Lorsque nous avons eu dépassé le Zasenberg, j'ai remarqué que M. Schuch... (il se reprit encore), que M. Schuchmann s'écartait du chemin taillé par moi dans la glace... Marchant en avant, je ne m'en étais pas aperçu tout de suite... Je lui criai : « Méfiez-vous par là ; revenez derrière moi. » Pendant un instant, il continua de s'éloigner, en me répondant : « Laisse-moi tranquille, je veux examiner cette rosace de neige rouge. » C'est alors que le malheur est arrivé !... »

À cet endroit, le narrateur suspendit son récit, qu'il avait débité d'une manière traînante, comme un morceau appris par cœur. Sa voix, qui tremblait de plus en plus, venait de lui manquer.

« Continuez, » fit le syndic avec un dur ton d'insistance.

Ulric Tagmer appliqua sa main sur son front en sueur et, par un violent effort, retrouva la parole :

« Il y avait sans doute un pont de glace neuve... J'ai entendu un craquement, un juron... et je n'ai plus vu personne. »

Le syndic demanda :

« Vous n'étiez donc pas attaché avec M. Schuchmann ? Comment avez-vous commis une pareille imprudence, vous, un montagnard éprouvé ? »

D'abord interdit, Tagmer murmura bientôt :

« C'est lui qui n'a pas voulu. »

Une sourde exclamation éclata sur le banc des guides.

Ulric, très embarrassé, se retourna vers eux en chevrotant :

« Voyons, vous autres, vous sa-

vez pourtant bien la façon dont les choses se passent !... Quand je me suis approché pour mettre la corde à

M. Schuchmann, il m'a repoussé comme ça (il fit un geste du coude) en me disant : « Tu ne vas pas m'ennuyer avec tes bêtises !... » Qu'auriez-vous fait ?... Est-ce qu'un guide n'est pas pire qu'un esclave ? »

De nouveaux bruits et des signes de dénégations protestèrent contre ces mots.

« Tagmer, déclara le syndic, l'impression que vous venez de produire sur vos camarades sera partagée par tous les gens de bon sens. En admettant que votre rapport soit vrai, il fait déjà le plus grand tort à votre caractère. Veuillez nous raconter maintenant quelle a été votre attitude après l'événement ? »

Ulric chercha, durant quelques secondes, à recueillir ses sens ; après quoi :

« Je ne me rappelle pas, » soupira-t-il avec découragement.

Mais en percevant des chuchotements hostiles derrière lui et piqué au vif par le regard inclément et persécuteur du syndic, il rassembla l'énergie éparse dans ses muscles d'athlète.

« Voilà !... dit-il. J'ai couru vers le bord de la crevasse... J'ai penché ma tête dedans... c'était glacial et tout noir... Et ça grondait comme l'eau dans les moulins... j'ai peut-être appelé mille fois : Monsieur Schuchmann... monsieur Schuchmann !... J'entendais pendant longtemps ma voix descendre... Et rien ne remontait !...

— Combien de temps êtes-vous resté ainsi ?

— Je ne le sais pas.

— En tout cas, vous n'avez reparu que deux jours plus tard. Ce fait a frappé tout le monde. Pourquoi n'avez-vous pas montré plus de hâte à informer l'autorité ? »

Ulric, ressaisi par son angoisse, répondit par saccades :

« J'avais trop de honte... J'avais peur de me laisser voir... Pensez à ce qu'est un guide qui rentre sans son voyageur ! »

Cette fois, les camarades approuvèrent le dire. Oui, c'était une position terrible ; quelques-uns d'entre eux l'avaient connue.

Après un repos, le syndic procéda de nouveau à l'interrogatoire.

« Avant-hier, quatre guides chargés de contrôler vos assertions ont été conduits par vous sur le théâtre du drame et vous avez été incapable de leur en indiquer le lieu prétendu. Ceci est étrange, assurément. »

Ulric balbutia :

« Il avait neigé depuis... Je n'ai pu me reconnaître au milieu des fentes... »

Alors le syndic, se levant :

« Tagmer, je dois vous exposer toute la gravité de votre cas : on vous accuse d'avoir tué le banquier pour le voler, et de vous être ensuite défait du cadavre dans un des abîmes qui vous entouraient. »

Le patient devint encore plus blême, et, en essayant de se donner une contenance, il haussa les épaules.

« M. Schuchmann, poursuivit le syndic, portait toujours une grosse somme dans son gousset. A maintes reprises, les habitants de la vallée l'ont vu tirer un porte-monnaie abondamment garni; et vous saviez cela aussi bien que personne. Or, vous vous arrangez pour partir seul avec lui...

— Mais, s'écria maladroitement l'autre, je ne l'ai pas empêché de prendre un porteur.

— Je vous oppose un démenti formel. Je vais vous lire la déposition de l'hôtelier du *Grand-Moine* :

« Le 25 juillet, M. Schuch me fit part du projet qu'il avait de se mettre en route, le lendemain, pour le pic de Terreur. Il était préoccupé; il me demanda si Ulric Tagmer était un homme sûr. Je l'engageai, dans une aussi dangereuse entreprise, à s'adjoindre au moins un ou deux aides en plus. Après avoir hésité, M. Schuch conclut : « Bah! cela vexerait Tagmer, qui m'a tant prié de n'emmener aucun de ses collègues. » Voilà ce que je sais de l'affaire, et je l'affirme en honnête conscience. Signé : MŒREN, propriétaire de la pension du *Grand-Moine*. » Qu'avez-vous à répondre ? »

Tagmer était atterré. De temps en temps, la respiration s'échappait de sa gorge comme un souffle de bœuf. Il bégaya :

« Je voulais... si nous avions la chance pour nous... être le premier guide... qui eût atteint le sommet... du pic de Terreur...

— Enfin, selon votre désir, l'expédition ne se fait qu'entre vous deux. Admettons votre version : l'accident se produit le mardi, vers dix ou onze heures du matin, et c'est seulement le jeudi, à six heures du soir, que vous vous représentez tout effaré à Grindelwald, fournissant sur la catastrophe des explications tellement incohérentes qu'avant de vous soupçonner d'un crime on vous traite généralement comme un

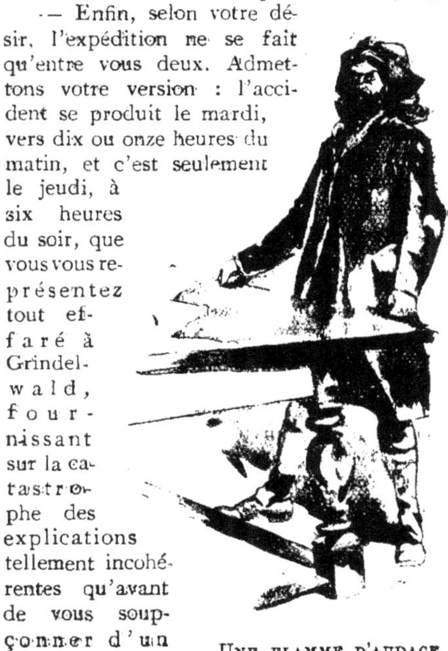



fou. Vous avouerez que ces procédés sont déjà très suspects. Mais attendez la suite : la veille de votre départ, vous m'aviez requis de vous préparer un certificat d'indigence pour le bureau de canton...

— Le voici! » interrompit le greffier en agitant en l'air un papier, afin de solliciter l'attention des guides.

Le syndic reprit :

« A ce moment donc, Tagmer, vous vous trouviez sans ressources. Ecoutez maintenant le rapport de l'agent de police municipale : « Accompagné du garde forestier et du garde champêtre, je me suis rendu au domicile d'Ulric Tagmer, qui était absent. Nous avons néanmoins pratiqué la perquisition enjointe dans la pièce unique qui compose son logement. Nous avons fouillé les hardes et la paillasse de la couchette, nous avons retourné la litière des chèvres sans découvrir aucun objet de valeur ni autre. Nous allions nous retirer, quand l'un de nous a constaté que la terre avait été récemment remuée au coin du foyer. En explorant cet endroit, nous avons extrait douze couronnes d'or allemand. En foi de quoi, ont signé : HERMANN CLAUS, commissaire; PIERRE HIMGRUND, garde forestier; JOSEPH-MARIE REDLINGER, garde champêtre. » Il s'agit aujourd'hui, Tagmer, de nous expliquer la présence chez vous de cette petite fortune? »

Une rumeur prolongée retentit dans le groupe des guides à cette révélation, et, durant plusieurs minutes, des propos tumultueux coupèrent le débat.

Ulric Tagmer, accablé par l'autorité de ce témoignage, ne se départait pas d'un silence pénible pour tous.

Le syndic ayant réitéré sa question, l'accusé s'efforça d'émettre enfin quelques phrases :

« Je demeure sur le chemin du Glacier Inférieur... nous nous sommes arrêtés chez moi... le temps de prendre ma hache...

M. Schuchmann a eu pitié de ma misère... Il a offert une poignée d'or à ma femme... qui a aussitôt enterré les pièces... parce que notre porte ne ferme pas... et que nous sommes toujours sortis...

— Ici, répondit le syndic, je dois encore rectifier vos affirmations. Vous n'êtes pas marié, Tagmer. Vous cohabitez avec une nommée Maria Muller, que son légitime époux a chassée de Lucerne à cause de ses mauvaises mœurs. »

Il y eut un mouvement de désapprobation parmi l'auditoire.

L'irrégularité du ménage était proverbiale. mais quoi! ce n'était pas utile d'y faire allusion en un pareil moment.

Toutefois, le syndic releva son prestige, de cette courte défaillance, dès qu'il eut complété sa pensée :

« La créature que vous avez recueillie est très belle, de l'aveu commun. On ajoute que votre dénuement convient mal aux besoins de sa coquetterie. Savez-vous ce qu'on prétend, en outre?

— Non! fit Ulric, dont la voix était subitement redevenue ferme.

— Eh bien! on a remarqué que Maria Muller excitait les passions du banquier. On a eu des raisons de croire que c'était pour rechercher les faveurs de cette femme qu'il revenait, depuis trois ans, dans le Grindelwald. Il n'y a qu'un instant, vous-même lui avez attribué, envers elle, des marques de libéralité qui accréditent davantage cette supposition. Et je suis ainsi amené à formuler mon opinion, qui est celle de vos concitoyens : vous étiez averti que M. Schuchmann se préparait au départ, et, par un hardi coup de main, vous avez voulu vous assurer des ressources qui allaient vous faire défaut. Cette hypothèse est infiniment plus vraisemblable que votre conte d'un accident dans les conditions, trop peu compliquées, ne pouvaient rendre victime un ascensionniste expérimenté comme M. Schuchmann. D'ailleurs, toutes les circonstances vous condamnent, et votre attitude encore mieux que le reste. »

Mais ce n'était plus le même homme, soumis et résigné, que le syndic avait désormais devant lui.

Une flamme d'audace imprévue brillait dans les yeux d'Ulric Tagmer, et il abattit son poing sur la table en hurlant, avec la rage de ceux qui ont longtemps souffert sans se révolter :

« Qu'ils viennent donc à moi, tous ces inventeurs de mensonges ! Maria est ma femme devant Dieu... Et c'est une brave femme... D'abord, je l'aime, et je défends qu'on l'insulte. Montrez-moi donc ceux-là qui se cachent la tête comme des porcs, dans l'ordure. »

Le spectacle de cette explosion de force soulagea le cœur des guides, que le débat, depuis l'ouverture, avait oppressé de plus en plus.

L'accusé était un des leurs, après tout ; et, par la vileté de sa contenance, l'orgueil de la corporation avait été longuement tourmenté.

Le syndic était aussi satisfait.

Il estima que sa dialectique avait fini par toucher juste et, ne songeant plus à obtenir d'Ulric Tagmer de nouveaux éclaircissements, dans l'état de surexcitation où ce dernier s'obstinait, il l'invita à passer dans un cabinet, sous la surveillance du greffier, tandis qu'on allait délibérer.

. . . . . . . . . . . . . . .

Les cris du dehors, les entretiens, les piétinements traversaient les vitres et bourdonnaient dans la salle, où la chaleur de la dispute en était augmentée...

Diverses propositions furent soutenues.

La première, émanant d'un oncle paternel d'Ulric, tendait à ce que l'enquête n'eût pas de suites. Cet autre Tagmer, soucieux de l'honneur du nom, fit valoir les bons antécédents de son neveu, qui, malgré certaines bizarreries d'allures, n'avait encore, à l'âge de trente ans, encouru aucun repro-

che sérieux, sinon celui de son concubinage.

En second lieu, le syndic, désireux de

dégager sa responsabilité, conseilla de saisir le Tribunal Criminel.

Mais les guides s'insurgèrent contre cette redoutable mesure, et leur doyen résuma le sentiment général dans un troisième avis :

Solliciter l'intervention du pouvoir public, ébruiter l'affaire et dénoncer un des membres, c'était jeter l'opprobre sur l'institution tout entière. Au surplus, il était impossible que la vérité fût jamais établie.

Cependant, si le crime était niable, il n'était pas, en tout cas, douteux qu'une faute grave eût été commise. Aussi devait-on punir le coupable selon la loi disciplinaire de la compagnie.

Lorsque la discussion fut close, on procéda au vote, et dix-huit suffrages sur vingt proclamèrent Ulric Tagmer déchu du titre de guide et du droit de conduire les étrangers.

On ramena celui-ci.

Alors, tout le monde étant debout et solennel comme dans une chambre de mort, le syndic prononça contre lui la sentence.

Ulric, dont la figure était de nouveau envahie par la mollesse et la lividité, écouta placidement.

Et le syndic, avec la douceur d'âme qui caractérise ceux que le règlement d'une situation difficile congédie sans dommage, ayant ajouté :

« Je vous engage, dans votre propre intérêt, à quitter le pays. »

Tagmer ajouta simplement :

« Je ne crains pas, je suis innocent. »

On lui fit ensuite restituer son livret, une sorte de portefeuille en cuir pelé, garni de pages crasseuses, qu'il déposa avec un soupir, et deux pleurs rayèrent ses joues.

Ses anciens camarades, affligés et rigides, défilèrent sans le regarder ; et, quand leurs faces composées apparurent, une à une, sur le perron du seuil, le calme et le silence se répandirent dans le rassemblement des villageois anxieux.

Chacun se rapprocha lentement de celui des justiciers qui le touchait de plus près par le sang ou l'amitié ; et la foule, ainsi répartie, se dispersa en petits groupes qui causaient à voix basse.

. . . . . . . . . . . . . . . . . .

Après la chute du soir, lorsque les routes furent désertes, Ulric Tagmer s'enfuit de la mairie.

Il franchit d'un pas furtif la région habitée, et s'enfonça dans la solitude marécageuse d'un bois d'aulnes qui s'étendait autrefois jusqu'au pèlerinage de Sainte-Pétronille.

Pendant une demi-heure, il gravit un sentier pierreux et tailladé par le fil des ruisseaux ; puis il atteignit une clairière, et, tournant vers la gauche, il s'arrêta devant une chaumière que blanchissait la lueur nocturne et proche du Glacier Inférieur.

Pour entrer, il n'eut qu'à manier le loquet de la porte.

Sur un quartier de roche, une femme bien tournée et vêtue à la mode traditionnelle de Lucerne, était accroupie.

La pointe des coudes appuyée sur les genoux, elle grattait pensivement ses cheveux noirs et touffus.

Au bruit, elle dressa la tête.

« Eh bien ? fit-elle, en ouvrant ses lèvres rouges et ses grands yeux.

— Tout est arrangé », répliqua Tagmer ; et il fondit en larmes.

La Muller attacha sur lui ses prunelles énigmatiques et ardentes d'aventurière, pour deviner tout ce qu'il ne disait point, et peu à peu elle s'attendrit.

« Viens ici, Maria », supplia Ulric qui se laissait choir sur le grabat.

Tous deux assis côte à côte, l'homme raconta la chose, s'interrompant parfois et ne reprenant courage que sous le baume des baisers.

Quand il eut terminé son récit, il se roula sur elle, en poussant des cris de bête. Et, de ses grosses mains froides, il lui caressait les pommettes tièdes et charnues, pris à la fois de sanglots et de rires par l'accès de ses nerfs.

Tandis qu'Ulric cédait à l'impérieux besoin de parler enfin librement et sans frayeur, Maria n'articulait pas une syllabe. Et, si l'inquiétude de l'autre implorait une réponse, elle se contentait de tendre l'arc humide de sa bouche muette. Lui, rassuré par l'éloquence de cet universel langage, se collait à sa bien-aimée.

Et ceux que maintenant on appelait, à tort ou à raison, l'assassin et la prostituée, ces deux misérables rebuts de la société oublièrent leur infamie dans le divin bonheur.

Jamais la nuit ne leur avait accordé des heures plus enthousiastes, auprès de leurs chèvres endormies. Et lorsque les amants trouvèrent le sommeil, déjà les compagnes de leur intimité s'éveillaient, sous un rayon d'aurore, avec une musique de grelo-

## II

Pendant plus de trente mois, Ulric et Maria subsistèrent avec les douze couronnes de la victime qu'on ne leur avait point confisquées, par répulsion de cet or maudit.

La Muller allait changer les pièces et

s'approvisionner au **loin**, en sept ou huit heures de marche sur les villages les plus voisins.

Privé de son gagne-pain naturel et de ses occupations instinctives, l'ancien guide vécut ensuite des produits d'un petit troupeau sur la superficie exiguë du pré héréditaire qui s'étendait à la base du Glacier Inférieur.

Il tournait ainsi, toute la journée, autour de sa masure, sans que jamais l'ombre de sa grande taille cessât d'en frôler un des pans. Car, pour s'être à différentes reprises écarté de sa retraite, il avait subi de cruelles épreuves qui lui faisaient redouter la rencontre de ses semblables.

Les amis d'autrefois, pour éviter son contact, accomplissaient un détour, quand les nécessités professionnelles les amenaient en ces parages.

Seul, le syndic, qui était depuis longtemps sorti de charge, le coudoyait indifféremment en promenade et feignait d'ignorer le salut respectueux qu'il en recevait.

... Il y avait peut-être quinze ans que la catastrophe était survenue lorsque, après plusieurs hivers rigoureux, une nouvelle extraordinaire se répandit dans les environs :

Le Glacier Inférieur *s'était mis en marche* et descendait directement sur l'asile de Tagmer.

Après des constatations multiples, aucun doute ne fut plus admissible ; et, parmi la population religieuse de la vallée (que les découvertes scientifiques n'avaient pas encore éclairée sur ce phénomène naturel), un cri unanime acclama la puissance de Dieu et l'imprescriptibilité de sa justice.

Ulric avait été le premier à s'apercevoir du péril qui le menaçait.

Il avait vu un buisson de mélèzes fléchir et s'annihiler sous la pression des glaces, et une suite de pyramides blanches surgir aux lieux jadis verdoyants des jeunes pousses.

Souvent, durant les heures nocturnes, un tronc résistant s'était abattu avec un craquement affreux, et, lorsqu'il avait eu parfois la chance de ne pas entendre cette chute prophétique, Maria l'avait réveillé aussitôt

pour partager avec lui une trop forte épouvante.

Peu à peu, la masse lente de ce torrent solide prit à Ulric sa futaie de noyers, et couvrit ensuite, d'années en années, presque toute l'étendue de sa maigre pâture.

Celui-ci, affolé, fut réduit à vendre ses chèvres. Quand cette recette s'épuisa, avec ses suprêmes ressources, il acheta un cor des Alpes dont il installa la gaîne de planches, aux bords de la Lütschine Noire, dans la direction d'Interlaken. Et, dès que les rares voyageurs se profilaient sur le chemin, il évoquait de son souffle inhabile les mornes échos du Mœnnlichen, soulevant ainsi, dans la gorge ombragée, un murmure monotone qui lui valait quelques aumônes.

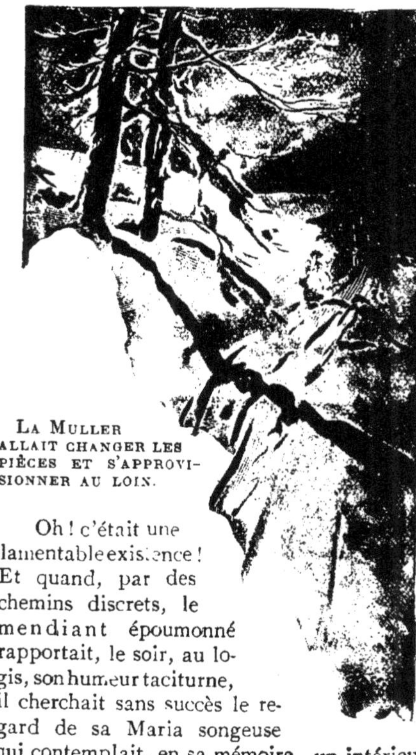

LA MULLER
ALLAIT CHANGER LES
PIÈCES ET S'APPROVI-
SIONNER AU LOIN.

Oh ! c'était une lamentable existence ! Et quand, par des chemins discrets, le mendiant époumonné rapportait, le soir, au logis, son humeur taciturne, il cherchait sans succès le regard de sa Maria songeuse qui contemplait, en sa mémoire, un intérieur lointain dont elle s'était enfuie et dans le

LE GLACIER INFÉRIEUR S'ÉTAIT MIS EN MARCHE.

quel un homme d'aspect loyal lui semblait pleurer sur le berceau d'un petit garçon rose, orphelin d'une mère pourtant vivante...

L'un et l'autre taisaient les propos futiles qu'ils avaient auparavant tant de goût à se répéter. D'ailleurs, l'isolement les avait dépourvus de racontars ; et les bavardages de la naïveté amoureuse ne leur montaient plus aux lèvres...

Après de nombreuses périodes de stagnation, le glacier reprenait toujours sa marche fatale. Les transformations de son extrémité obligèrent même la compagnie des guides à adopter une voie nouvelle, de telle sorte que tout passage humain fut définitivement écarté de la demeure d'Ulric.

On l'oublia tout à fait.

Au printemps de 1850, des blocs de glace, exhalant une froidure intense, s'avancèrent jusqu'à vingt pieds de la chaumière.

A cette époque, Maria Muller mourut d'une brève maladie qui débuta par des frissons et finit dans le délire.

Pendant trente-six heures, le veuf, écrasé par une immense douleur, ne bougea point. Puis, revenu à la réalité, il profita d'un clair de lune pour transporter son amie au cimetière où il l'ensevelit dans un coin de sol vierge, fleuri de coquelicots.

On ne s'inquiéta pas du décès dans le pays ; et peut-être ne le sut-on pas.

A la longue, pour se procurer des choses indispensables que Marin ne pouvait plus lui quérir, Ulric se hasarda vers les habitations...

Le village était agrandi, sillonné de routes récentes; paré de maisons neuves.

Quand il se résolut à se rapprocher ainsi des hommes, le sombre exilé était tant vieilli, tant métamorphosé que personne ne le reconnut. Du reste, depuis plus de quarante ans, deux générations avaient grandi ; et cette nouvelle société ne gardait qu'un souvenir peu précis d'une obscure histoire dont les contemporains, pour la plupart, étaient couchés dans le champ du repos.

Toutefois, on s'en entretenait encore de temps en temps ; et une fois, dans le fond d'un cabaret, Tagmer fut questionné, en raison de son âge. Heureusement pour lui,

il ne fit qu'amuser, de son air interloqué, l'auditoire, qui le considéra dorénavant comme un fieffé bredouilleur.

Ensuite, la course des années l'enhardissant davantage, il osa se remêler com-

ULRIC SE HASARDA VERS LES HABITATIONS.

plètement à la population ; et, en écoutant avec une extrême réserve tous les dialogues, il finit par se convaincre qu'un seul personnage de son drame vivait encore. C'était l'ancien syndic, un centenaire, qui ne sortait presque plus de sa chambre.

Mais un jour de bon soleil, Tagmer fut réduit à fuir, en apercevant cette physionomie austère et blafarde poindre sur un balcon.

... Cependant la progression du glacier persistait.

Sur l'emplacement de ses pyramides primitives que la dénivelée avait fait fondre, des pyramides supérieures descendaient et fondaient à leur tour, après avoir conquis un lambeau de terrain. L'envahisseur mit encore dix printemps à franchir une dernière étape ; et sa pointe vint enfin heurter les fondements fragiles de la masure d'Ulric.

Quatre-vingt-dix ans, dont soixante de misère absolue, avaient martyrisé le corps de cet homme, courbant prodigieusement ses épaules, pillant sa crinière blanche, limant sa chair, éraillant ses yeux...

Il entendit avec joie le premier coup de la moraine frapper à son chevet. Il jugea que le terme de ses souffrances était échu et que ses murs renversés allaient lui servir de sépulcre.

Mais, à mesure que les semaines s'écoulèrent, l'état des lieux se modifia singulièrement.

Le glacier était encore une fois arrêté, et sa base se liquéfiait, avec rapidité, sous la puissante température de juillet.

. . . . . . . . . . . . . . .

Un matin, Ulric se précipita éperdument vers le village, et ses pauvres jambes anky-

Il était, en effet, grotesque.

losées le faisaient trébucher à chaque pas.

Il traversa les rues de Grindelwald, en criant à tue-tête :

« M. Schuch est revenu !... M. Schuch est revenu !... »

Devant l'hôtel du *Grand-Moine*, tenu par les petits-fils Mœren, une bande d'excursionnistes, prête à partir sur des mulets, le cribla de plaisanteries.

Il était, en effet, grotesque, avec sa barbe hérissée, ses cheveux qui flottaient, ses yeux qui larmoyaient et sa bouche qui riait.

Mais lui ne s'embarrassa point, et il proféra sur tous les tons :

« M. Schuch est revenu ! M. Schuch est revenu ! »

Les gens commençaient à s'attrouper et se demandaient quel était ce M. Schuch qui faisait ainsi perdre l'esprit au vieux.

Ce dernier, courant toujours, se dirigea vers un chalet d'apparence confortable et d'origine reculée.

Là-devant, il se mit à recrier sans trêve :

« Monsieur le syndic !... monsieur le syndic !... »

Vainement on tentait de lui imposer silence, et de lui insinuer que le syndic en exercice résidait autre part.

Il se bornait à répliquer très sérieusement :

« Puisque je vous dis que c'est mon syndic, à moi ! »

Au bout de quelques instants, une fenêtre s'ouvrit, et un visage majestueux ayant paru :

« Bonjour, monsieur le syndic... Je suis Ulric Tagmer... Il faut que vous veniez tout de suite pour recevoir M. Schuch... »

L'ancien fonctionnaire recueillit ses souvenirs.

Une grâce mélancolique refleurit dans son regard, et il soupira :

« Je me remémore bien ces noms, et j'en revois l'époque ; mais je ne comprends pas ce que vos paroles signifient.

— Je vais vous l'expliquer, monsieur le syndic... Le bas du Glacier Inférieur est en train de fondre ; et M. Schuch... vous vous rappelez bien ?... M. Schuch ?... qui a péri dans le temps avec moi, Ulric Tagmer ?...

— Oui, je sais, répondit gravement l'autre.

Ulrig partit de son pas large et puissant d'autrefois.

— Eh bien! M. Schuch a été charrié jusqu'à ma porte, dans sa crevasse... Sa tête est à découvert... Oh! je l'ai bien reconnu... Il est toujours le même... Accourez, monsieur le syndic, c'est nécessaire!... »

Très agité par cette incroyable affirmation, le vieux bourgeois hésitait encore.

« M. Schuch!... murmurait-il machinalement... Ulric Tagmer!... Que veulent de moi ces revenants? »

Et les détails de l'antique aventure lui rentraient en mémoire, avec d'autres circonstances qui n'y tenaient par aucun rapport.

« Il faut que je voie! fit-il enfin. Qu'on m'attende; je descends. »

Repoussant la servante dont les gronderies respectueuses et inquiètes retentissaient jusque dans la rue, il prit son vénérable chapeau de soie, sa haute canne à pomme d'argent, et sortit.

Les passants s'étaient groupés. De diverses parts, on s'appelait et on s'avertissait.

« Guide-moi, dit le syndic.

— Certainement, je vais vous guider, s'écria Tagmer, oui, monsieur, je vais vous guider! »

Un triomphant sourire éclaira sa face terne, et il répéta encore ce mot professionnel qui flattait son oreille et contenait, pour lui, toute une réhabilitation publique.

Sans regarder son client ni avoir égard aux interrogations les plus pressantes, Ulric partit de son pas large, sûr et lent d'autrefois.

Les témoins de cet événement les accompagnèrent avec curiosité, et la foule alerte et animée avait peine à suivre les enjambées de ces deux vieillards, dont elle comparait les larges dos éprouvés par un siècle d'existence qui avait voûté le vagabond et redressé l'autre plus fièrement encore.

Le syndic, essoufflé, ne reprit haleine qu'à l'endroit désigné par Tagmer, d'un geste impérieux.

Au milieu de rubans de boue, de sillons blanchâtres et de bourrelets bleutés, une tête d'homme toute verte reposait dans un cadre de glace.

Le froid avait contrarié la décomposi-

UNE TÊTE D'HOMME TOUTE VERTE REPOSAIT DANS UN CADRE DE GLACE.

tion, conservé les formes, la jeunesse même; et des favoris blonds adhéraient encore à la peau.

Ulric Tagmer brandit une pioche. Il attaqua les blocs avec vigueur, faisant voler des éclats alentour.

Bientôt il dégagea le corps entier qui était allongé dans la glace, comme on l'est au cercueil.

Quand il eut obtenu ce résultat :

« Monsieur le syndic, s'écria-t-il, fouillez vous-même dans les poches. »

Dominé à son tour par l'ascendant d'Ulric, l'autre obéit.

Tout le monde vit ses doigts noueux entr'ouvrir avec effort les raides orifices du drap gelé et en extraire successivement un trousseau de clefs, une poignée de monnaie,

— Croyez-vous encore que je suis un voleur?

une bourse pleine d'or et une montre aux initiales R. S., qui établissaient l'incontestable identité du cadavre avec celui de Rudolph Schuchmann.

Alors Ulric Tagmer se redressa de toute sa stature momentanément reconquise, et, apostrophant le syndic, qui ploya sous le poids de ces calmes paroles :

« Croyez-vous encore que je suis un voleur ? Auriez-vous le cœur de soutenir cela devant cette assemblée ?... »

Les forces abandonnaient son interlocuteur, que deux personnes s'empressèrent d'assister.

Enfin ce dernier, chancelant, se retourna vers le public, qui interprétait vaguement les péripéties de cette grande scène.

« Malheureux Ulric Tagmer dit il... Hélas ! mes amis, je pensais avoir rempli ma carrière sans mériter de reproches. Hier, j'étais prêt à mourir, la conscience pure et libre de remords. A présent, j'ai perdu le repos de mes derniers jours... Le temps ne nous appartient plus, Ulric ; et je te supplie ici même, à genoux, devant ces reliques providentielles, de me pardonner mon injustice... Veux-tu me permettre de t'embrasser ?

— Oh ! monsieur le syndic ! » murmura Tagmer confus, en se jetant dans les bras tendus vers lui.

Et, par la gaucherie du gueux, ses haillons souillèrent un beau col, empesé de frais.

Cependant, une idée obsédait encore le vieux magistrat.

Il demanda :

« Ah çà ! comment ne t'es-tu pas mieux défendu ? On invoque des choses, que diable ! On se débat... On s'indigne...

— Que voulez-vous ? répartit Ulric Tagmer. J'ai toujours été trop timide. C'est ce qui m'a causé plusieurs fois bien du tort, monsieur le syndic, dans le courant de ma vie ! »

# Le Taureau du Jouvet

## LE TAUREAU DU JOUVET

### I

Sur la Grande-Côte où n'ont jamais pu croître les arbres, Hugues Barros garde deux cents moutons dont le quart lui appartient.

Depuis Pâques, cela fait déjà trois mois qu'il conduit ses bêtes transhumantes au milieu des pâturages isolés qu'il a loués pour la belle saison, entre le mont des Archets, Combelouve, les Bains de l'Ours et le lac du Jouvet.

Aujourd'hui il attend ses provisions de la semaine, — les dernières sont épuisées, — et il a faim.

Devant lui, la masse de son troupeau se meut lentement; et quelques toisons brunes se faufilent parmi tous les dos de laine blanche.

Hugues Barros est debout, appuyant sa haute taille sur une solide branche de houx dont il a bagué l'écorce avec son couteau. Ses épaules robustes garnissent l'ample manteau de cuirassier qu'il a acheté, l'hiver dernier, à un de ceux qui colportent des effets de réforme et « font le marchand » dans les foires. Quand la bise raccourcit cette bonne enveloppe de drap, en la lui plaquant dans le creux des reins, le bas du pantalon de velours marron se montre tire-bouchonné dans les guêtres de gros cuir. La face inculte et dure du berger est abritée sous les larges bords d'un feutre roussi par le soleil, zébré par la poussière et la pluie.

Hugues consulte fréquemment l'heure du ciel, et s'impatiente d'entendre ainsi crier ses entrailles.

Enfin, ses deux chiens se rapprochent de lui, et grognent, en dardant leurs oreilles pointues.

Il pose, en abat-jour, sa main calleuse sur son front; et, par la combe du Nant-Gelé, il reconnaît sa femme qui grimpe à petits pas.

La Barros porte un panier volumineux sous le bras gauche, et, du poignet droit, elle tire sur un taureau maigre, à jambes courtes, dont une corne est cassée et l'autre, plate, noire du bout.

Par instants, d'un simple mouvement de tête en arrière, le rude animal arrête sa conductrice et promène complaisamment sa langue violette sur ses flancs sombres.

« Arriv'ras-tu pas? » s'écrie le berger.

Mais sa femme, dont la gorge est oppressée par l'ascension, ne réplique rien.

Il reprend :

« Qué q'tu m'amènes-là? Ousque t'as pris c'te bête? »

Lorsque la Barros l'a rejoint sur le sommet, elle se dépêche de répondre, d'une voix haletante :

« C'est c't'écorné qui m'a mise en r'tard...
Faut qu'tu l'gardes pour l'compte à Tayot,
jusqu'à qu'sa chaleur soit passée... I' n'de-
meur' pas plus au pré qu'à l'état'...

— D'combien qu'Tayot s'ra généreux
pour la peine?

— I' m'a dit, comm' ça, qu'on s'arran-
gerait toujours ensemb'.

— Ouais! ouais! tu y diras que j'veux
pas moins d'vingt sous par s'maine. J'paie
b'en, moi, ici, quatre-vingt-dix francs de
loyer!

— J'y dirai.

Tandis que la femme déballe son panier, l'homme va quérir un pieu et un maillet
dans sa hutte de pierres; et, à quelques mètres, il fixe au sol la corde du taureau qui
l'observe d'un œil injecté, immobile et sour-
nois.

Quand Hugues revient s'asseoir contre
un tertre, il a du plaisir à compter ses vivres
étalés sur la terre chauve où le vent frise les
rares touffes de gazon.

Bon! cette fois-ci, la miche de pain a
la vraie taille; parfait aussi le fromage bleu
en lait de vache et de chèvre... Et le lard?

Mais patience! la Barros sourit : voici
le lard, et le petit salé, et le tabac, et les
deux litres du vin de pays qui procurera un
goût aigre à l'eau crue des fontaines.

Sans retard, le pâtre calme son appétit
et cause, la bouche pleine : les enfants vont
bien? L'aîné a recommencé ses tours; c'en
est un qui promet! gare les femelles! Et le
père? Il ne veut toujours pas se laisser opé-
rer de sa glande au gosier? Il étouffera un
de ces bons matins; enfin, on lui a répété le
conseil assez souvent! Ah! le garde champêtre s'est décidé à flanquer un procès-verbal
contre les oies de Joseph Mabre. Il se faisait
temps! Et cette poudre à fusil que le voi-
turier doit rapporter d'Albertville, quand
est-ce? Justement un couple de vautours
tourne, depuis la veille, autour du grand
Rey, d'où un agneau a chu...

Hugues Barros a terminé son frugal repas. Il dévisse le bouchon en bois de l'outre
qu'il porte en bandoulière; il lève, à deux
mains, la peau de bouc, qu'il pressure en
dirigeant sur sa langue un jet mince et frais
de boisson.

Alors, lissant ses moustaches, il se pen-
che sur sa femme et lui fournit, sans avoir
à se cacher de personne, le grand baiser de
nature dont ils ont le droit.

## II

Pendant que la Barros, allé-
gée de son fardeau, redes-
cend d'une allure leste et
ferme les pentes qui mènent
au village de Longefoy, son
mari, allongé sur le ventre
et repu, aspire d'épaisses bouffées dans sa pipe noire.

D'ici huit jours, sans doute,
il n'apercevra plus figure humaine... Qu'importe!...

Sous ses paupières mi-closes, il voit mi-
roiter, dans la vallée d'Aime, la raide lame
de l'Isère qui perce les bois et les pierres.
Les maisons de Centron, plantées au cœur
d'une vieille forêt, lui apparaissent comme

IL LÈVE, A DEUX MAINS, LA PEAU DE BOUC.

où donc est-il? on l'aura oublié! ces sacrées
femmes!...

des papillons jaunes dans une haie d'églantiers ; et les vignes de Bellentre, au loin, verdissent la terre comme un bas tapis de mousse.

Quand le berger tourne son visage sur l'oreiller de ses coudes, il distingue, au fond de l'autre versant, les lacs verts du val de Tignes, qui semblent d'étroits abreuvoirs où les cascades trempent ainsi que des crinières de chevaux blancs.

Il s'assoupit enfin, du sommeil de midi, lourd et sans rêve...

Soudain, les aboiements de ses chiens le réveillent : le taureau, d'un violent effort, a déplanté son piquet, qu'il traîne, en répandant la panique parmi les béliers et les brebis pleines.

« Sus au taure !... Kss !... kss !... Mords-le !... » crie Hugues Barros, avec des gestes furieux.

Mais les chiens, inaccoutumés à ce service, hurlent sur place et refusent d'avancer.

« Attends, l'écorné, que j't'arrange ! »

Et il marche au taureau.

Celui-ci s'arrête hardiment et baisse son front menaçant et mutilé.

Barros lui applique sur le mufle un coup de maillet ; et, dès que l'autre se détourne en beuglant, il empoigne de près son lien. Puis, d'une seule main, il renfonce vigoureusement le pieu, va chercher des blocs pesants et en charge toute la longueur de la corde jusqu'à ce que les naseaux de la bête soient collés à la lisière du sol.

« Jeûne un peu, dit-il, ça t'calm'ra. »

Et il lui détache sur l'échine une volée de coups de bâton.

Ensuite il mène son troupeau vers une pâture nouvelle.

Les bestiaux serrés découvrent en s'éloignant les racines rases de l'herbe dévastée, et tandis que les chiens les harcèlent, leurs pieds fourchus fendent hâtivement la corolle rouge ou bleue des digitales, des aconits et de toutes les fleurs malsaines dont leur voracité se garde.

... Aux approches du soir, Hugues re-

vient avec ses moutons, qu'il parque, les uns sautant sur les autres, entre une roche géante et trois petites claies.

Mais l'écorné a encore trouvé le moyen de se délivrer, et il rôde là-bas, reniflant la brise, poussant des mugissements espacés, fouettant ses

JEÛNE UN PEU, DIT-IL, ÇA T'CALM'RA.

cuisses avec la mèche hérissée des poils qui prolongent sa queue souple.

Le berger, stupéfait, gronde entre ses dents :

« Ah ! t'en veux, carogne, t'en auras ! »

Le voilà qui repart en courant, son gourdin pendu au cou par la martingale.

Le taureau, qui attend d'un air décidé, fouille la terre du sabot et projette des mottes. Puis, au moment de lutter, il remue son œil fourbe et, d'un élan oblique, se dérobe par le vallon d'Armène.

Hugues Barros le poursuit, et c'est une chasse enragée à travers les escarpements de schiste, les culots de neige, les éboulis de cailloux et les eaux vives.

Une seule fois, près de la grange ruinée des Blancs, l'homme a rattrapé la brute. Il a voulu la saisir derrière, par les cornes, et l'abattre, comme il avait appris, en lui todant le cou. Mais, sur une des pentes, sa main n'a rencontré qu'un tronçon et une oreille. Il s'y est néanmoins suspendu, en lançant des coups de souliers ferrés dans les jarrets de son adversaire. Celui-ci, par l'avantage de sa corne absente, s'est dégagé d'un bond et a disparu au milieu de la nuit enfin montée des plaines.

Barros, qui a roulé dans une fondrière, maugrée en se redressant :

« Eh ! va-t'en au diable ! »

Ses paumes et ses genoux écorchés saignent et lui cuisent. Il s'oriente dans l'obscurité crépusculaire et découvre, sous un dernier reflet, le plateau où son gîte est perché. Il regagne péniblement la Grande-Côte, mais, dès qu'il a débouché, le bruit d'un galop puissant l'émotionne...

Une forme plus noire que le noir des ténèbres environnantes se précipite à sa rencontre.

MAIS L'ÉCORNÉ A ENCORE TROUVÉ LE MOYEN DE SE DÉLIVRER.

contre. Et, sans même avoir eu le temps de lâcher un cri, il tombe à la renverse, évanoui, la poitrine trouée par la corne unique du taureau.

## III

. . . . . . . . . . . . . . . . .

Quand il reprend connaissance, la lune ronde plane dans le ciel. La chute de son humide et fine clarté baigne le cirque des glaciers alentour, et, depuis le col du Soufre jusqu'au Mont-Pourri, en passant par Gebroulaz, la Grande-Casse et l'Iseran, la surface des neiges brille comme si une flore d'étincelles s'épanouissait sur des parterres de cristaux.

Hugues Barros a très froid.

Il veut se lever, mais à ce mouvement une atroce douleur le mord au creux de l'estomac, et sa main, qu'il y met, en ressort toute poissée et, autant qu'il peut voir, rougie dans les pores.

Alors il se rappelle ce qui s'est accompli.

Il exhale un soupir qui lui arrache un gémissement. Il se sent touché à fond, et il lui vient, de la solitude, une peur qu'il n'a jamais connue. La fièvre fait frissonner tout son corps et hallucine ses yeux. En face, le Mont-Blanc lui paraît grandir jusqu'à la lune, et, sur ses flancs dansent l'Allée Blanche et le Glacier des Glaciers.

Il appelle follement. Sa voix brisée, qui l'effraye, tombe dans le désert et le silence universel. Les moutons dorment, ainsi que les chiens.

Lentement la nuit s'écoule et se dissipe devant l'aurore.

Le soleil surgit sous son arc triomphal, dont les couleurs surnaturelles sont bleu d'or, rouge de perle, gris de feu.

Ebloui de lumière, Barros tâche, en coulant son regard, d'assouvir l'épouvantable curiosité qu'il a de sa blessure. Il souffre d'une souffrance horrible. Sa ressource est d'appuyer ses poings sur le bâillement de la plaie, et la dépense de force qu'il fait ainsi le soulage momentanément ; son sang, caillé sur la pelouse, scintille et se confond avec la gelée blanche. Une soif ardente le consume, mais il ne peut attirer sa gourde, que la chute a jetée sous son dos.

Cependant, les chiens, surpris de son retard insolite, aboient en chœur, et les moutons affamés, dérangeant leur fragile clôture, se sauvent, en foule bêlante, dans les gazons frais. Et tout à l'heure le trou-

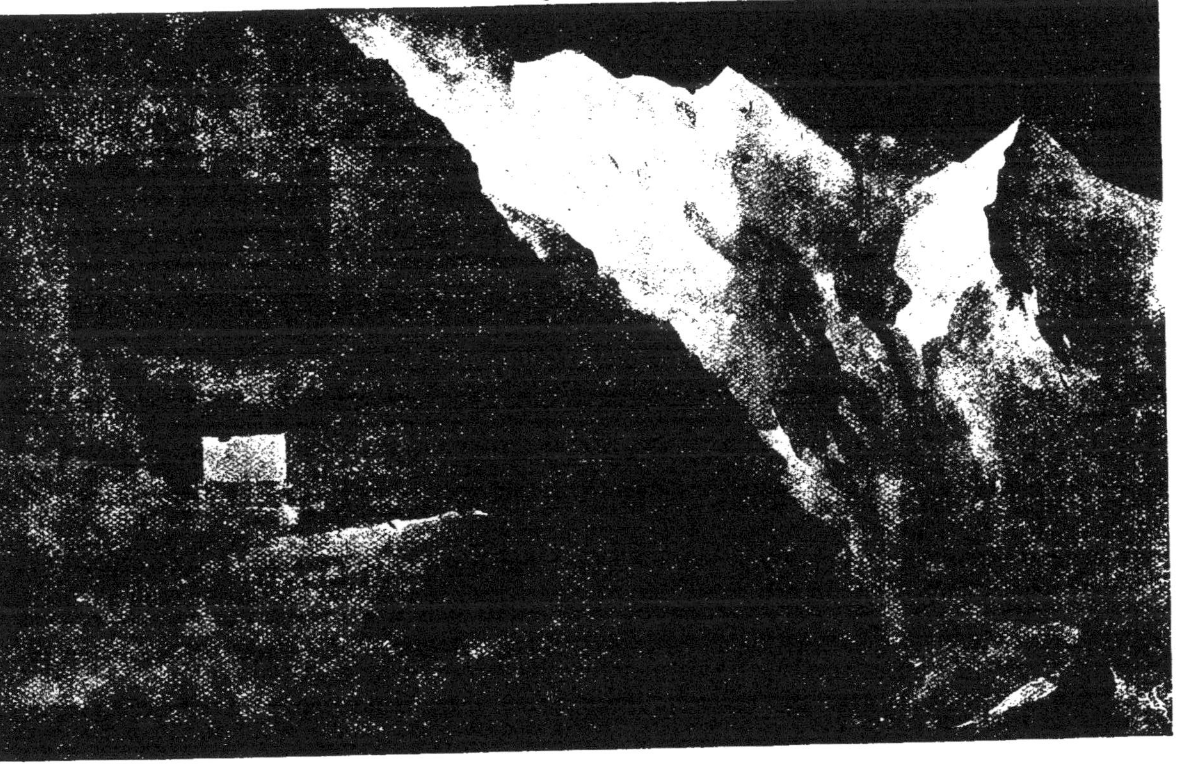

LA FINE CLARTÉ DE LA LUNE BAIGNE LE CIRQUE DES GLACIERS.

peau ne sera plus qu'un point imperceptible se perdant vers les Frasses.

Bientôt le berger entend, à peu de distance, le taureau souffler les âpres sanglots de son rut. Il n'est pas alarmé de ce retour ; au contraire, il voudrait que la bête se ruât de nouveau sur lui et l'achevât. Sans ça, combien de temps va-t-il mettre à mourir, en se tordant comme un damné ?

... Mais voilà qu'il est pris d'une subite anxiété, quelque chose se passe là-bas ?...

Une troupe d'individus descendent de mulets et gravissent à pied le cône terminal du Jouvet : quatre hommes et deux femmes en toilettes claires.

Barros voit nettement les silhouettes se profiler dans l'air vide, et les bras pointer des lorgnettes sur les grandes lignes du paysage.

Il s'exaspère qu'on ne « guette » point de son côté et il s'apitoie sur lui-même, tandis que l'ombre démesurée de ces gens qui l'avaient presque atteint s'éloigne.

Il les implore faiblement du geste et de la voix. Ses tentatives sont vaines. Les touristes repartent sans l'avoir aperçu et le taureau seul répond à sa plainte par les siennes.

Il murmure :

« Crève-les donc aussi, carogne ! »

Il réfléchit au malheur dont il est victime. La chance lui a toujours manqué. Ce n'est pourtant pas qu'il ait du mal à se reprocher... Et les circonstances de sa vie défilent devant sa mémoire. Il revoit surtout l'époque où on l'a empêché de rester soldat, et les heures durant lesquelles ses trois petits sont nés... Il se rappelle encore la physionomie tranquille d'un voisin que jadis il a regardé rendre l'esprit, entouré de ses proches.

... La journée s'avance ; le soleil est voilé.

Des brouillards compacts entrent en France par leur route familière du Petit-Saint-Bernard, où ils se condensent ; et, glissant à toute vitesse, ils abordent la Grande-Côte sur laquelle leur interminable procession commence avec les hymnes du vent.

Hugues Barros ne distingue plus rien sur terre. Une écume légère sourd aux coins des lèvres, des spasmes fréquents secouent ses membres. Par un suprême effort, il se soulève graduellement jusqu'à ce qu'il soit sur son séant.

Et il meurt assis, les yeux vagues, comme un être qui s'éveille.

# Bolzaneto dit Zigue

# BOLZANETO dit ZIGUE

Par delà des vagues de toits, j'aperçois une femme mûre, ridée déjà, pauvre, toujours penchée sur quelque chose, et qui ne sort jamais. Avec son visage, avec son vêtement, avec son geste, avec presque rien, j'ai refait l'histoire de cette femme, ou plutôt sa légende, et quelquefois je me la raconte à moi-même, en pleurant... Et je me couche, fier d'avoir vécu et souffert dans d'autres que moi-même.

Peut-être me direz-vous : « Es-tu sûr que cette légende soit la vraie ? » Qu'importe ce que peut être la réalité placée hors de moi, si elle m'a aidé à vivre, à sentir que je suis et ce que je suis !

CHARLES BAUDELAIRE.

## AVANT-PROPOS

Je ne prétends pas, en offrant cette modeste histoire au public, qu'elle soit digne de son intérêt. Au contraire, j'estime, en évaluant au mieux, qu'elle risque tout au plus la chance d'occuper, un instant, les personnes par trop oisives qui demeurent volontiers une journée entière devant leur fenêtre et qui, là, trouvent un plaisir intellectuel à considérer la tactique des piétons, l'allure des équipages, les procédés des chiens vagabonds.

Ce qui m'a déterminé à raconter ce souvenir de voyage, c'est l'indulgente attention dont la chère race des badauds m'a toujours paru prodigue envers les épisodes les plus insignifiants de la vie ordinaire.

Tant de gens s'arrêtent pour voir trotter un petit poney, et se retournent, dans la rue, au passage d'un homme qui siffle ou d'une femme qui a les yeux rougis ! Ces mêmes gens ne peuvent-ils donc honorer, d'un regard, le récit qui a été composé de scènes analogues, avec un grand souci d'exactitude, avec quelques explications en sus ?

Néanmoins, pour éviter toute déception et définir nettement la mesquinerie de mon sujet, je signale un point de comparaison qui en fixera la mesure :

Plus d'une fois, lorsque vous circuliez, en plein jour, dans un quartier marchand, il a dû vous arriver d'apercevoir, sur le trottoir d'en face, une boutique close, coupant, par la morne fermeture de ses volets, la suite claire des vitrines et des étalages variés. Généralement, un simple carré de papier, au milieu de la façade, portait un avis ainsi conçu : *Fermé pour cause de mariage* ou *pour cause de décès;* quelquefois : *Le magasin est transféré à...*

Si jamais vous n'avez franchi la chaussée pour déchiffrer cette inscription manuscrite, si même la tentation d'une aussi futile curiosité à l'égard des choses d'autrui n'a jamais, jamais point dans votre esprit, épargnez-vous la peine d'entreprendre la lecture de ces quelques lignes. Certainement elles vous ennuieraient. Vous diriez : « Voilà qui est d'un fat et d'un sot. » Ce qui serait prendre, de l'auteur, une idée peut-être juste, mais, à coup sûr, bien pénible pour lui.

## I

J'avais quitté le train de Modane à la station d'Albertville.

C'était le lever du soleil, et, tout autour de la vallée sombre encore, la cime neigeuse des monts recueillait la flamme ferme et douce du printemps.

Avec la hâte incompréhensible qu'on éprouve en pareille circonstance, je me fis bousculer par un menu peuple qui s'efforçait d'atteindre, plus vite que moi, la porte de la balustrade fermant la voie. Entre voyageurs parvenus à destination, c'est toujours à qui remettra le premier son ticket dans la main de l'employé de consigne ; et, après mûre réflexion, j'attribue cette impatience au plaisir qu'on va goûter d'être en règle et quitte vis-à-vis d'une administration

Une fois tiré de peine, je posai ma va-

lise par terre, et, d'un coup d'œil, j'inspectai les abords de la gare.

La diligence de Bourg-Saint-Maurice, dételée sans doute depuis la veille, allongeait maigrement, dans la cour, son timon dégarni au bout de ses gros flancs.

Je fus contrarié du retard qui allait résulter pour moi de la paresse du conducteur, mon projet étant d'aller coucher, le soir même, à l'hospice du Petit-Saint-Bernard, que je ne pouvais atteindre en moins de treize ou quatorze heures de voiture.

Soudain, j'entendis un fouet claquer joyeusement dans l'air ; et, débouchant de la rue proche, une victoria à roues basses fit une entrée pompeuse, pour se ranger, par un demi-tour, auprès du véhicule commun.

L'attelage, fort insolite, était fabriqué d'un immense cheval rouan et d'une ponette noire qui cheminaient ensemble comme un père avec son enfant, la petite trépignant et tirant de côté. Un harnais de cordes et de cuirs raboutis les unissait imparfaitement.

Mais l'automédon dépassait encore, en originalité, ce couple mal appareillé.

Il descendit de son siège, et, d'un pas nonchalant, se dirigea vers moi, les deux bras horizontalement tendus jusqu'aux coudes et les mains ramenées de manière à saisir les bords d'un vaste chapeau de paille qu'il soulevait ainsi, à quelques centimètres au-dessus de son front.

Cet individu, très grand, avait une figure brune, des yeux brillants, le nez petit, des moustaches courtes, noires et retombantes.

Un cigare mâchonné pendait dans un coin de sa bouche. Une cravate rose flottait sur sa chemise un peu débraillée que départageait la ligne foncée de la peau.

Il réalisait absolument ce type que les parleurs d'argot désignent (et j'atténue le terme) *par miroir à catins*.

Son linge réapparaissait, à la ceinture, entre le gilet et la culotte d'un *complet* verdâtre, dont l'eau du ciel, la poussière des routes et l'exhalaison des écuries avaient dû être les teinturiers définitifs.

A mesure que cet homme approchait, il me semblait davantage que je l'avais déjà rencontré quelque part ; mais, comme j'abordais pour la première fois son pays, l'hypothèse était invraisemblable.

Après avoir fait quelques pas de plus, il me cria :

« Bonjour !... Vous ne me reconnaissez pas ?... Ce n'est pas chic !... Vous êtes resté le temps de vos vingt-huit jours dans mon peloton... à Auxerre !.. »

Le détail du lieu était exact. Cependant mes souvenirs restaient confus.

« Comment ! Vous ne vous rappelez pas ?... Je suis Bolzaneto... »

Ce nom m'était totalement inconnu.

Il s'entêta :

« Mais il n'y a pas seulement trois ans de ça... Bolzaneto !... Bolzaneto !... On m'appelait Zigue !... »

Instantanément la mémoire me revint :

« J'y suis parfaitement. C'est vous qui avez été cassé du grade de brigadier. »

Bolzaneto, *dit* Zigue, se gratta l'oreille :

« Ah ! vous pouvez bien vous vanter que ça m'est arrivé par votre faute. Quel besoin avez-vous eu de faire tant de pétard ?... J'avais pris une cuite, voilà tout. Oui, une fameuse cuite !... »

Tandis que je respectais la méditation rétrospective qui accompagna ce propos, il reprit :

« Mais moi, je n'ai pas pour deux liards de rancune... Et où est-ce que vous allez comme ça, sans vous commander ? »

Je lui exposai brièvement mon itinéraire.

« Vous tombez bien, répliqua-t-il... vous tombez en plein dans ce qu'il y a de mieux. Précisément, je demeure à Bourg-Saint-Maurice... Oui, je fais le cocher maintenant ; je dessers toute la vallée de l'Isère... Ne vieillissez pas à attendre la diligence ; grimpez plutôt dans ma guimbarde...

— Un instant !... Combien exigerez-vous ? »

Il feignit de réfléchir, et, soupirant :

« Allons ! il ne faut pas être chien avec les camaros ; je vous mènerai pour soixante francs. »

Je fronçai les sourcils : le tarif, que j'avais étudié, marquait quarante francs.

Aussi, pour me placer sur un bon terrain de négociation, je lui en offris vingt-cinq.

Il secoua la tête, comme pour refuser ; mais, à ma profonde surprise :

« Va pour vingt-cinq francs, s'écria-t-il... chargez ! »

Et Bolzaneto, *dit* Zigue, se dirigea, en se dandinant, vers son équipage.

En le suivant, je constatai que les talons de ses souliers avaient, au bas de son pantalon, taillé une arche noire dans les plis du drap...

Toutefois, notre subit accord m'avait un peu déconcerté ; j'avais pris mes précautions à l'égard d'un long marchandage, et la crainte d'être exploité me valait le désagrément imprévu de devenir exploiteur. Par une ruse instinctive, et que je rapporte sans la recommander, j'essayai de calmer les scrupules de ma conscience en dénigrant le carrosse où je devais monter.

« Vos coussins, fis-je, sont rudement sales !...

— En effet, murmura le conciliant Bolzaneto. Ce n'est pas faute pourtant d'avoir répété à ma belle-mère de les brosser à fond... »

Et il s'empressa de taper, à tour de bras, sur le dossier de la voiture, qu'une aveuglante poussière enveloppa aussitôt. Je calmai son zèle, car il menaçait de nous faire suffoquer tous les deux, sans réaliser de progrès appréciable.

Il employa encore un quart d'heure à vaquer inutilement de droite et de gauche, se hissant par une des roues sur son siège et dégringolant par l'autre, fouillant dans ses poches, tripotant les harnais et bourrant une pipe.

Nous ne finîmes par démarrer qu'au moment où les cinq chevaux de la malle-poste survenaient d'un pas robuste, traînant à terre l'extrémité de leurs traits, qu'on leur avait hâtivement jetés en travers du dos. Je regrettai, en comparant leurs formes vigoureuses à celles de mon grotesque attelage, de ne point m'être imposé la minute de patience qui aurait suffi pour me permettre de choisir leur puissant auxiliaire.

L'homme qui les conduisait leva distraitement sur Bolzaneto ses yeux bouffis de sommeil. Celui-ci lui lança un sifflement amical et railleur ; et déjà nous entreprenions de gravir la côte de Conflans, sous le Château-Rouge, où grandirent les princes de Savoie.

## II

Dès qu'on a traversé le cours de l'Arly, on pénètre dans la Tarentaise, dont les monts escarpés portent, à leurs flancs, tant de vignobles, de carrières, de mines opulentes et de forteresses ruinées.

La victoria montait lentement la rude éminence ; mon ami le cocher m'épargnait encore sa conversation. Et, malgré les cahots trop fréquents des ressorts, je m'abandonnais à la douceur qu'on sent parfois d'être au monde, par une belle matinée, sous une brise pure, dans une contrée solitaire.

Par malheur, je voyais trop souvent le manche d'un fouet se dresser dans le paysage et s'abattre brutalement, en même temps que retentissait ce cri :

« Hardi ! la petite Claudine !... »

Une légère secousse s'ensuivait pour moi, et je reprenais bientôt ma rêverie.

Nous franchissions le Pas de Briançon, lorsque Bolzaneto, se retournant brusquement, me dit d'un air capable :

« C'est épatant ce qu'elle a de cœur, cette sacrée ponette !... Et aussi ce qu'elle est maligne !... Elle sent que l'autre ne tire pas, et elle ne voudrait pas tirer non plus... Il faut que je la fouette sans décesser...

— Pourquoi, demandai-je, ne forcez-vous pas le grand cheval à travailler ?

— Oh ! celui-là, c'est un rossard premier numéro ! Je n'ai pas plus tôt cogné dessus qu'il s'arrête net... et il se couche... Il n'y a rien de mieux avec lui que de l'abandonner à sa volonté. »

Je me penchai du côté de la petite Claudine. Cette brave bête était couverte

d'écume et tout ensanglantée par les taons. Elle peinait et haletait, la pointe de ses sabots fins ne réussissant pas toujours à mordre sur les cailloux pointus du chemin.

Bolzaneto ayant encore fait mine de la frapper :

« Voulez-vous bien la laisser tranquille, criai-je, nous en serons quittes pour aller moins vite. Mais ce n'est pas une raison parce qu'elle a du cœur pour la martyriser.

— Ça c'est vrai », répliqua-t-il pensivement.

— Oh ! celui-là, c'est un rossard premier numéro !

Et il reposa son fouet dans la gaine.

Pendant longtemps, je l'entendis faire des calculs et marmotter. Ce ne fut qu'en sortant d'Aigueblanche qu'il reprit l'entretien :

« Je serais bien aise de m'en dépêtrer, de mon grand rossard. Il m'a coûté plus de trois cents francs, et je suis prêt à le céder pour moins de cent cinquante.

— Dans ces conditions, répondis-je pour

JE ME GARDAI DE FOURNIR AUCUN ALIMENT AU DIALOGUE.

répondre quelque chose, vous devez certainement trouver à le vendre.

— Ah bien, oui !... Figurez-vous qu'à vingt lieues à la ronde, tous les maquignons le connaissent dans les coins. Il leur a passé par les mains et ils n'en veulent plus... Je ne peux compter que sur un bourgeois... Je suis en marché d'échange avec le dentiste, qui a un cheval aveugle ; mais ça ne va pas vite... Il n'y a pas plus méfiant que ce dentiste-là... »

Je me gardai de fournir aucun aliment au dialogue.

Nous entrions, d'ailleurs, dans une gorge idéalement sinistre, où l'Isère grisâtre râpe, en écumant, la base jaune de roches abruptes, entre le faîte desquelles la Dent de Burgin surgit avec sa cime de pierres rouges ravagée par les éléments.

Nous croisâmes justement là une dizaine d'hommes à mines sévères, armés de bâtons, et qui paraissaient revenir de bien loin.

Bolzaneto interpella, par son nom, celui qui marchait en avant de la troupe, comme un chef.

Le montagnard échangea avec lui quelques locutions de patois que je ne compris point, et continua son chemin.

« Ce sont des gens de Bellecombe, m'apprit mon compagnon. Ils ont été se balader au diable, à la recherche de leur sabotier, qui n'a pas reparu depuis qu'il s'est avisé de courir après ses vaches, sur les crêtes... Avec tout ça, ils n'ont rien retrouvé. »

Un instant après, il ajouta :

« Ils prétendent qu'il y a un assassin dans la montagne. »

Au sujet de ce racontar, il haussa d'abord les épaules et finit par éclater de rire, en lançant ses chevaux au trot sur le ressaut de la route plate.

Comme je lui objectais qu'on avait déjà vu des choses plus étonnantes que celles-là, il redevint sérieux :

« Ah ! dame, fit-il, bien sûr qu'il y a partout des rossards qui ne se gênent pas pour vous faire votre affaire. »

.. Au delà de Moutiers, la voiture gagna une large vallée où règne la splendeur des glaciers du mont Thuria, et je n'aurais eu d'âme que pour cet éblouissant spectacle si la tactique de mon cocher ne m'avait inspiré de perpétuelles appréhensions.

Sur une voie terriblement encorbellée, il comprimait ou relâchait à contre-temps son attelage, poussant des vociférations ridicules, des *ohuohuo* qui se prolongeaient comme une roulade de ténor. En outre, il avait manifestement peur de son grand « rossard », qu'il s'exténuait à flatter par des appels de la langue, avec la sonorité stridente d'un concert de grillon.

A plusieurs reprises, il faillit nous verser à trois cents mètres plus bas, dans l'abîme immédiat, et je fus contraint de lui adresser, sur sa façon de conduire, des observations qu'il accueillit avec docilité, je dois le reconnaître.

Notre première halte se produisit au village d'Aime, où les chevaux s'arrêtèrent d'eux-mêmes devant l'abreuvoir municipal.

Un homme, en guenilles, était assis sur la margelle. A notre approche, il se leva et salua humblement Bolzaneto.

« Holà ! Vincent, cri celui-ci sans descendre de son siège, fais-les boire. »

Le paysan s'empressa de débrider les bêtes et de leur présenter tour à tour un seau d'eau lourd où leurs naseaux plongèrent bruyamment.

Sur ces entrefaites, Bolzaneto s'étant aperçu que je préparais quelque monnaie pour ce pauvre diable, me dit avec une autorité qui m'imposa, car elle n'était point de sa coutume :

« Non, non, ne donnez rien ! »

L'avis que je recevais ne fit point sourciller Vincent. Il se borna, lors de notre départ, à renouveler son salut pour Bolzaneto, qui n'en prit aucun souci.

Après quelques tours de roue, je demandai à celui-ci quel motif valable il avait eu de contrarier mon mouvement de charité.

Son visage se contracta méchamment.

« C'est encore un rossard, celui-là ! gronda-t-il. Il a fini par une faillite sur les blés, la saison dernière, et, du coup, j'ai perdu six cents francs que ma belle-mère lui avait confiés pour les faire valoir, six cent cinquante-cinq francs même... »

Je me retournai machinalement. L'homme qui n'avait point réussi dans les grains se tenait tout droit, au milieu de la route et il nous regardait rouler, se faisant un abat-jour d'une de ses mains, se grattant les cheveux avec l'autre, sous sa casquette...

Il délibéra un moment. Puis :

« Vous ne savez pas ce que vous devriez faire?... Eh bien! ce serait de déjeuner à la maison... Vous seriez mieux que d'aller tout seul à l'auberge... Ma belle-mère vous sauterait un lapin... Elle n'est pas toujours rigolo, ma belle-mère, il n'y a pas moyen de le cacher... Mais, du moins, ma femme sera là, et j'aurai bien du plaisir à vous la montrer .. »

J'hésitais à répondre, également sollicité par l'envie de ne point pousser aux extrêmes limites l'intimité avec Bolzaneto, et par cette curiosité universelle et vague que j'ai confessée plus haut.

Au cours de ma perplexité, il s'écria : « C'est comme un fait exprès!... Voici venir la voiture du dentiste. »

.... De l'angle de la route, un cabriolet descendait vers

UN HOMME, EN GUENILLES, ÉTAIT ASSIS SUR LA MARGELLE.

Bientôt le bavardage de Bolzaneto recommença :

« Je ne vous ai pas raconté que j'étais marié... Voilà un peu plus de deux ans que je me suis mis la corde au cou... Si vous voyiez ma femme!... Elle a dix-sept ans et elle n'est pas plus haute que ma botte. Une vraie gosse, quoi! Oui, une gentille petite fille... »

nous, sous l'impulsion d'un bon gros cheval bai qui balançait sans trêve son col fort et résigné.

« Halte! halte! » fit Bolzaneto en brandissant une main et en s'arrêtant lui-même :

Une figure rasée, pâle et mauvaise, se dissimulait dans l'ombre d'une capote relevée.

Mon homme devint insinuant :

« Excusez-moi de vous déranger, monsieur Faresse, mais c'est pour une consultation... J'ai une bougresse de dent qui ne me laisse plus de repos... »

Et il se farfouillait la bouche en grimaçant.

Ce manège n'émut pas M. Faresse. Il répliqua froidement :

« Je vous visiterai tantôt vers cinq heures. Pour le moment, je suis pressé.

— Attendez donc, murmura Bolzaneto. Votre carcan ne se plaindra pas d'avoir un peu soufflé. »

Au son de cette voix étrangère, le cheval du dentiste tourna gravement vers nous ses yeux éteints par deux taies blanches.

Bolzaneto poursuivit d'un ton goguenard :

« J'ai idée qu'il rumine de vous jeter dans l'Isère, la première fois que vous serez endormi... A votre place, je lui achèterais une clarinette et je l'installerais sur le pont d'Albertville...

— J'écouterai vos bêtises plus tard », riposta l'autre, en faisant claquer ses guides sur la croupe de son cheval qui ne bougea point.

« Une minute donc... Vous ne causez pas de notre affaire... J'ai encore reçu ce matin des offres pour mon rouan... Si vous ne vous décidez pas à l'échange, tant pis pour vous ! »

Aucun muscle du visage de M. Faresse ne remua. C'est à peine s'il desserra les lèvres pour souffler cette phrase :

« Je vous répète que je suis disposé à conclure, si vous me payez deux cents francs de retour.

— Deux cents francs ! vociféra Bolzaneto... Mais, pour ce prix-là, j'aurai un cheval qui verra clair... et je garderai le mien... Voyons, monsieur Faresse, soyez juste !...

— Je suis très juste », répondit M. Faresse.

Et, à son tour, il se mit à dénigrer le « carcan » de Bolzaneto, en employant des termes très savants. Ce dernier, dépourvu de science vétérinaire, se défendit avec les arguments que suggère la malice naturelle.

Il exposa que son grand rouan était plein de cœur, qu'il arrivait de la gare,

en une seule traite, sans avoir un seul poil de mouillé. Et que ce n'était pourtant point faute d'avoir trimé, car cette rosse de petite Claudine lui refusait toute aide.

Comme cet effronté mensonge m'avait fait dresser la tête, Bolzaneto me prit à témoin de sa véracité. Ma foi, je pensai soudain que si le marché réussissait, Claudine y gagnerait sans doute quelque soulagement ; et, par sympathie pour elle, je garantis, de ma parole, la déclaration du drôle.

Bref, les deux compères convinrent de réfléchir encore ; et chacun roula de son côté.

Alors, Bolzaneto, clignant de l'œil et se plantant le doigt dans le creux de l'estomac :

« Il n'est pas encore de taille avec Bibi, le petit père Faresse... »

Et, avec une familiarité accrue depuis l'attestation qui nous avait rendus complices, il ajouta joyeusement :

« C'est décidé, n'est-ce pas ? Vous cassez la croûte à la maison ? »

Je protestai faiblement ; mais il ne m'entendit point.


### III

Construit à la base du Petit-Saint-Bernard, Bourg-Saint-Maurice est baigné par les confluents de l'Isère, de l'Arbonne, du torrent des Glaciers et de celui du Charbonnet.

Ces eaux, à peine issues de la fonte des neiges, répandent une âcre fraîcheur dans le fond du val où les maisons reposent.

Au-dessus du village s'étend une ceinture de moissons et de prés. Puis, surplombant tout, un cercle de rochers, que les météores, depuis l'origine des âges, ont tailladés et crénelés comme le sommet d'une tour.

La Grande-Rue s'ouvre sur un pavage en galets de rivière que notre voiture parcourut avec un vacarme qui attira quelque monde sur le seuil des allées. Peu à peu l'attelage, ayant ralenti son allure, atteignit une boutique de tabac qui portait pour enseigne : *Au Comptoir Français.*

Des pipes à têtes de zouaves, cinq ou six flacons de liqueur extravagamment tournés et de nuances indécises, un écureuil captif, des mouchoirs historiés, des journaux jaunis et une peuplade de mouches composaient l'étalage.

« C'est ici », dit Bolzaneto en sautant de son siège.

Il ouvrit la porte et m'introduisit dans une salle basse et vide, munie d'un *zinc* et renfermant une aigre odeur de boissons.

La pièce était coupée par un vitrage sans rideau, au delà duquel une femme, âgée déjà, reprisait des bas, assise près d'une fenêtre qui donnait sur la campagne.

Elle était en tenue de deuil, et son profil sombre se détachait nettement dans le courant de lumière. Des lunettes trop larges vieillissaient ses traits dont la finesse avait néanmoins survécu à une flétrissure prématurée.

« Madame, cria Bolzaneto, je vous amène à déjeuner un ami du régiment. »

Et, bas, il m'avertit que j'étais en présence de sa belle-mère.

Celle-ci ne détourna pas l'attention de son ouvrage. Elle inclina seulement la tête, en signe d'assentiment ; mais le jeu, qui fit battre ses paupières, signifiait à n'en point douter : « Ce doit être quelqu'un de propre. »

Certes, je n'avais point prévu une froideur de réception aussi particulière ; néanmoins, j'en goûtai fort le pittoresque.

Un bébé, courant cahin-caha, ayant surgi d'une petite cuisine, vint étreindre à deux bras le genou de Bolzaneto, qui s'exclama avec bonne humeur :

« Tiens ! je te connais, toi, crapaud !... D'où que tu sors ?... »

Il souleva l'être frêle, et, l'embrassant sur chaque joue, il me le présenta :

« Voici le fils à papa... Il va bientôt marcher sur ses trois ans, ce monsieur-là, sans que ça paraisse... »

Le père, alors, remarqua peut-être dans mon regard une surprise qu'en tout cas je n'avais pas l'intention d'y mettre. Toujours est-il qu'il s'empressa de se reprendre :

« Je ne sais jamais s'il y a trois ou quatre ans que je suis marié... Le temps passe si vite... je crois, ma parole, que je vous ai même dit deux ans ?...

Sur ces mots, la belle-mère dirigea furtivement vers moi sa face triste et sévère.

Ce fut stupide ; mais je rougis en prétendant que je ne me souvenais plus de

ce détail, quoique ma mémoire fût précise.

Bolzaneto, gêné aussi, se débarrassa de son enfant.

« Hop !... fit-il, va jouer avec le chat. »

Et il lui indiquait un matou qui somnolait, à la turque, les pattes repliées sous lui.

Puis il s'impatienta :

« Ah çà ! où donc est Marie, à cette heure ? »

La vieille dame, le nez sur son travail, grommela avec lenteur :

« Elle est au chaud, dans sa chambre. Vous savez bien qu'elle avait très mal à la gorge, hier matin, quand vous êtes parti pour Albertville.

— Ça m'était sorti de l'idée... Mais j'espère bien que ça ne l'empêchera pas de descendre à table, pour faire honneur à mon invité ? »

On ne lui répondit pas.

Sans se formaliser de ce procédé, Bolzaneto m'entraîna dans l'avant-boutique ; et, versant deux petits verres d'*apéritif*, il me débita des balivernes que je n'écoutai point.

Du coin de l'œil, je guettais les façons de sa belle-mère qui, là-bas, arrangeait distraitement le couvert sur une toile cirée blanche.

Avec des mouvements retenus dans ses manches noires, elle maniait sans bruit les assiettes. Sa physionomie exprimait la soumission à l'égard de la peine journalière, et un profond dégoût pour l'ensemble de la vie. Autour d'elle, il flottait, dans son atmosphère, quelque chose de distingué, de modeste, de respectable et de mystérieux.

Après une courte absence, elle annonça que le déjeuner était servi.

Elle avait ramené une jolie petite créature qui lui ressemblait, mais avec le charme de la jeunesse en plus, et aussi une attachante singularité dans le regard.

« Ma femme », fit Bolzaneto.

Et, la baisant au front :

« Ça va-t-il pas mieux, Marie? »

— Non », répliqua celle-ci d'une voix rauque.

Je la saluai.

Un foulard usé entourait étroitement son cou. Ses cheveux, couleur de jais, pendaient en deux longues nattes, à la mode d'écolières. Une mauvaise robe de perc. rose bouffait sur ses formes gracieuses et grêles ; et la maternité trop précoce avait répandu, dans ses membres, une gaucherie inquiète. Elle était très pâle. Les frissons d'une excessive nervosité couraient sur son doux visage où la respiration faisait palpiter, à chaque souffle, les ailes des narines. La flamme d'une fièvre luisait dans ses pupilles noires, extraordinairement dilatées et d'une fixité troublante. Cette jeune femme offrait toutes les apparences d'un tempérament maladif, bizarre et déséquilibré...

Durant le repas, je ne cessai de dévi-

sager cette mère et cette fille avec un impérieux besoin de les définir. Ma contenance les mettait évidemment mal à l'aise et elles n'articulèrent pas une syllabe.

En revanche, le gros rire de Bolzaneto emplissait la pièce.

« Marie, demanda-t-il une fois, ton frère n'a pas reparu ? »

Renseigné par un signe de dénégation, il lissa sa moustache avec un soin vulgaire, et s'adressant à moi d'un ton important :

« Mon beau-frère, en voilà encore un rossard, premier numéro!... Il y a trois jours, je l'ai conduit par les oreilles à son apprentissage... Depuis ce temps-là, il n'a pas remis les pieds ici... Ah! il a de la défense, le rossard ! »

A ce propos, j'émis une opinion quelconque en faveur de l'indulgence que méritent les jeunes gens. La mère, pour la première fois, chercha à croiser mon regard avec le sien qui brillait de gratitude. De son côté, Bolzaneto, cédant à sa mobilité habituelle, me cita divers traits d'ingéniosité à l'actif de son beau-frère.

« Au fait, lui dis-je tout à coup, vous n'avez pas dételé vos chevaux. Ils séjournent en pleine suée, dans la rue, à l'ombre, au vent. C'est très imprudent.

— En effet, répliqua-t-il. Je vais les rentrer à l'écurie pendant qu'on préparera le café... Le temps d'aller au bout du pays, et je reviens. »

Il sortit vivement.

Une seconde après, la tête imberbe d'un adolescent se faufilait avec timidité, par l'entre-bâillement de la porte de la cuisine.

« Marie, murmura gravement la mère, ton frère est là. Porte-lui son déjeuner. »

La petite obéit. Je perçus quelques chuchotements, et la porte fut refermée.

La vieille dame alors prit immédiatement la parole :

« Pardonnez-moi, monsieur, de vous avoir aussi mal reçu ; mais, par malheur, les amis que mon gendre m'avait présentés jusqu'à maintenant, ne m'ont pas fait concevoir beaucoup d'estime pour ses relations. »

Je m'empressai de lui expliquer par quel concours de circonstances je l'avais dérangée dans sa retraite ; et, devant sa franche attitude, je n'hésitai pas à renier assez lâchement toute solidarité avec Bolzaneto.

Elle avait appuyé ses coudes sur la table ; et, le front dans les mains, elle s'abandonnait à une profonde méditation.

Soudain, elle redressa la tête :

« Convenez, monsieur, que ce qui se passe ici ne vous semble pas naturel ?... Oh ! ne cherchez pas à me donner le change... Vos yeux gardent encore la trace des questions que vous vous êtes posées, dès que vous avez été ici. »

J'aurais eu mauvaise grâce à ne pas avouer que son air, son langage et son maintien révélaient une naissance que n'avait pas dû abriter le toit du *Comptoir français*.

Elle exhala un soupir ; et, du creux de ses tempes, des rides partirent, se perdre sous ses bandeaux argentés.

« Que de temps s'est accompli, dit-elle mélancoliquement, depuis que je n'ai eu la ressource de causer avec quelqu'un qui pût me comprendre !... Et pourtant mon cœur contient un secret bien lourd que j'aurais du soulagement à déverser... On me plaindrait sûrement ; et, pour un moment, cette pitié adoucirait mon sort. »

Ses lèvres décolorées essayèrent de sourire.

« Les femmes, continua-t-elle, et surtout les vieilles femmes sont souvent ennuyeuses... C'est une de leurs faiblesses de vouloir témoigner leur confiance et d'en importuner ceux qui la leur inspirent... »

Un éclair de résolution raffermit son visage.

« Faites une bonne action, monsieur. Ecoutez mon histoire... Avant une demi-heure, mon gendre sera de retour, et probablement vous prendrez congé de nous à jamais... Alors, j'aurai, du moins, la consolation de me dire qu'il existe, par le monde, une conscience qui m'a entendue... et qui me juge. »

Sans retard, elle commença ce récit, très émue, très brève :

« J'avais épousé un officier, un homme vraiment digne et bon... Nous eûmes ces deux enfants que vous avez vus ; Marie est l'aînée de son frère... En économisant sur

tout, on ne vivait pas trop mal, et je puis dire que j'étais heureuse... Oui, je l'étais... A la garnison d'Auxerre, la dernière, hélas ! mon mari avait pris Bolzaneto pour ordonnance... C'est à peine si je connaissais la figure de ce garçon, quand le capitaine est tombé malade. Mais, depuis lors, il n'a pas manqué un jour de se rendre à la maison. Vous ne vous imagineriez pas combien il s'est montré dévoué à son chef... Enfin, c'était comme un ami, comme un parent... Et la nuit où la mort est venue enlever mon pauvre mari, il n'y avait, dans la chambre, que les enfants, Bolzaneto et moi... Et cet étranger se lamentait autant que nous... Ah ! mon Dieu !... mon Dieu !... »

La veuve fondit en larmes ; mais néanmoins sa voix altérée poursuivit :

— J'AVAIS ÉPOUSÉ UN OFFICIER.

« Je laissai mon fils au collège et je retirai ma fille du pensionnat... Elle approchait de ses quinze ans. Sa société m'était nécessaire ; et, du reste, mes moyens ne me permettaient point de m'acquitter envers

deux établissements... Enfin, je voulais sur-
veiller de près la santé de Marie qui me
tourmentait... Elle éprouvait
des insomnies, des crises de
nerfs, des syncopes... Mais,
mon-
sieur,
quand
on est

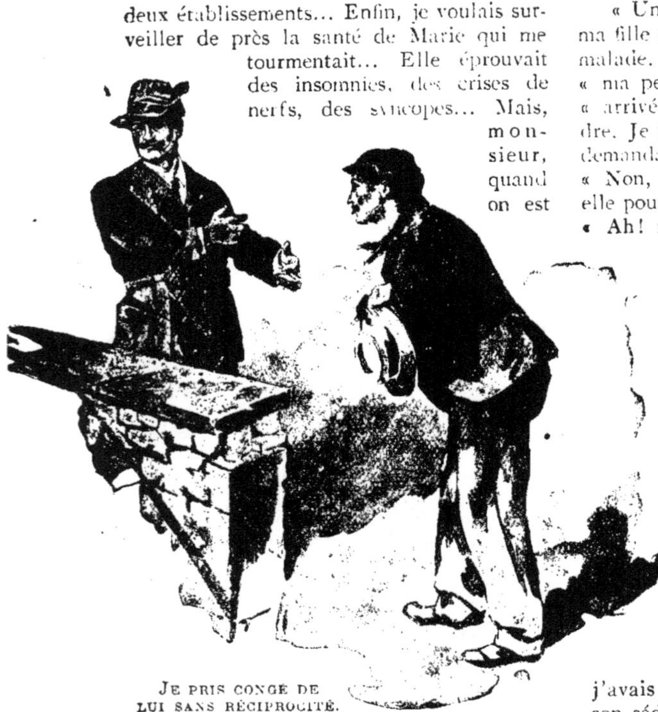

JE PRIS CONGÉ DE
LUI SANS RÉCIPROCITÉ.

subitement privé de son soutien, de sa moitié, il vous survient mille obligations dont
on n'avait point l'idée... Durant les premiers mois de mon veuvage, il me fallut
être continuellement dehors... Des démar-
ches chez les gens de loi... des requêtes au
ministère... des apostilles, des recommanda-
tions à obtenir. Que sais-je?... Marie de-
meurait seule au logis... J'ai appris plus
tard que Bolzaneto venait constamment pro-
poser ses services... Pouvais-je en prendre
ombrage quand je me trouvais là?... et l'innocente se taisait sur ces visites en mon
absence... Où aurais-je puisé de la méfiance? Est-ce qu'on se méfie d'une enfant,
monsieur, de son enfant? »

Nous entendions le frère et la sœur ja-
casser dans la cuisine. La veuve se leva
pour s'assurer que la porte était bien close ;
et, se rasseyant, elle reprit d'un ton diminué :

« Une après-midi, en rentrant, je trouve
ma fille au lit, très pâle, toute défaite, bien
malade. « Oh! Seigneur Jésus! m'écriai-je.
« ma petite Marie, qu'est-ce qui t'est donc
« arrivé?... » Elle ne veut pas me répondre. Je tâte son mignon corps chéri, en lui
demandant : « Est-ce là que tu as mal? —
« Non, fait-elle, non... » Tout d'un coup,
elle pousse un gémissement à fendre l'âme :
« Ah! maman!... maman!... »

La vieille dame haletait. Elle
rapprocha du mien son front livide ; et, tout bas :

« Ma fille était enceinte de
quatre mois, monsieur!... Je sus
tout... Oh! pauvre mère que j'é-
tais!... N'avoir rien soupçonné!...
C'était Bolzaneto... Le misérable!... Que faire?... »

Elle joignit les mains.

« Pendant une semaine, je ne
quittai point l'église, implorant la
sainte lumière... Enfin je me dé-
cidai à dire à Marie : « L'ai-
mes-tu, au moins? — Je ne sais
pas... » me répondit-elle en san-
glotant... Et toutes les deux nous
sanglotâmes longtemps... Mais
j'avais pris mon parti d'unir ma fille avec
son séducteur. Je ne pouvais pas la laisser
mettre au monde un enfant qui n'aurait
pas eu de père... D'ailleurs, Bolzaneto
était un soldat, et l'uniforme trompait un
peu sur la bassesse de son origine... Croiriez-vous qu'il m'a fait des difficultés?...
Mais je ne reculais plus devant les humi-
liations. Je l'ai persécuté, supplié, menacé-
tant, tant et tant qu'il a été obligé de céder... Il avait achevé son temps... A la
même époque, le ministre m'accordait le
bureau de tabac de ce village. Dès que
j'avais su le malheur, j'avais sollicité la dé-
signation d'une localité lointaine et obscure.
Nous partîmes d'Auxerre comme des vo-
leurs, pour nous réfugier ici. Et, à part
quelques personnes de ma famille, tous ceux
qui nous ont connus ignorent aujourd'hui
où nous sommes... »

La physionomie de mon interlocutrice
s'assombrit encore :

« Ai-je eu tort ou raison d'exiger ce maiage ? Pourquoi ai-je désespéré de l'avenir ?... Ma fille était devenue si jolie !... Son éducation en avait déjà fait une vraie petite dame. Elle a encore l'héritage de son grand-père à recueillir... Nous avions de belles relations... Oui, j'ai été coupable : mon devoir était de dissimuler sa faute sans rien sacrifier, de sauver toutes les apparences au lieu de tout abandonner. On aurait avisé plus tard... Et je lui aurais épargné l'affreuse vie qu'elle mène... Hélas ! une mère est aveugle. Je ne pouvais pas admettre que l'homme qui avait pris ma fille n'était point amoureux d'elle, amoureux fou de sa gentillesse... J'avais attribué les résistances de Bolzaneto à un reste d'honneur, à des scrupules tardifs, au sentiment de sa propre indignité... Folle !... Imbécile !... Misérable aussi que je fus !... »

Toute la majesté de la vertu humble ennoblit le visage de cette mère éplorée :

« ... Certes, j'ai assumé ici les besognes grossières, les labeurs rebutants... Pauvre dorée ! elle est si délicate... Mais, pour Marie, l'intimité de jour et de nuit avec ce goujat... Ah !... » fit-elle en passant sa main sur ses yeux humides et sans pouvoir en dire davantage.

Un instant après, un peu remise, elle prononça faiblement ces derniers mots :

« Lui est de la Savoie. Les siens habitent dans les environs... Des gens, monsieur ! des gens... abominables !... Je le sens capable de tout, ou plutôt incapable de rien... Il s'est improvisé cocher... Un fameux cocher qui oublie de porter l'avoine à ses chevaux ! Un de ses poneys est mort de faim, l'hiver passé, et je ne m'explique pas comment sa petite Claudine s'obstine à vivre... Par-dessus tout cela, il est si frile, si moule, que chacun l'exploite... Il n'a de suspicions que contre mes conseils ; mais, en revanche, le premier venu lui persuadera n'importe quoi... Tenez, tout récemment... »

Elle fut interrompue par le retour de son gendre.

Bolzaneto s'aperçut que sa belle-mère s'enfuyait vers la cuisine, avec un sillon de larmes sur les joues.

« Bravo ! cria-t-il gaiement, c'est parfait !... J'attirerai encore des amis à la maison, pour qu'on les rase comme ça !... Heureusement que je viens vous délivrer... J'ai prévenu le confrère qui dessert l'Hospice et qui vous redescendra demain à Courmayeur... Il termine d'atteler et je vous engage à ne pas flâner, si vous désirez être à l'étape avant la tombée de la nuit. »

La belle-mère reparut, ayant réparé tant bien que mal le désordre de ses traits :

« Ma fille, murmura-t-elle, est un peu plus souffrante. Elle s'est recouchée, et m'a chargée de l'excuser en vous souhaitant bon voyage. »

Etait-ce un prétexte dicté par une pudeur maternelle, déjà repentante des aveux qu'elle avait osés ? Je joignis toutefois les vœux d'usage à l'expression de mes remerciements. Et, prenant la main de la vieille dame, j'en baisai respectueusement la surface desséchée et meurtrie, sous les yeux du gendre ébahi.

... En quelques enjambées, nous fûmes sur la place du bourg où m'attendait une paire de vigoureux postiers.

« J'aurais bien aimé, me dit Bolzaneto, vous conduire là-haut ; mais ce gaillard-ci (il indiquait mon nouveau cocher) n'a pas voulu me confier ses canassons. »

Je pris congé de lui sans réciprocité envers ses protestations d'amitié ni son espérance du revoir.


IV

Sept heures de montée ardue et sans relâche me firent atteindre le Col du Petit-Saint-Bernard, par une route superbe où des roches historiques conservent le souvenir du passage d'Annibal.

Au delà du Creux des Morts et des dernières cabanes de bergers, un étincelant panorama de glaciers s'étale. Ils sont si hauts, si purs, si blancs que leur réverbération dans l'âme fait pâlir les plus clairs souvenirs des misères humaines.

. . . . . . . . . . . . . .

J'achevais à peine de m'installer dans la chambre que m'avait désignée le recteur de l'ordre des SS. Maurice et Lazare, lorsqu'en m'accoudant à la fenêtre, je vis poindre un cavalier qui accourait à toutes brides...

C'était encore Bolzaneto !

Au galop ! au galop ! la petite Claudine. Tes flancs saignent sous l'éperon, ta robe fume, tes naseaux expirent ; qu'importe à ton bourreau !

Celui-ci m'eut rejoint en l'espace d'un moment.

« Croiriez-vous, fit-il tout essoufflé, que je n'étais pas encore grimpé ici... Alors je me suis fait le raisonnement que c'était aujourd'hui l'occasion, ou jamais, de partir

en reconnaissance, puisque j'allais retrouver de la société... Et puis, il y avait chez moi des larmes dans l'air... gare au déluge !... j'ai décampé... et me voilà ! »

Il se contempla dans une glace ; et, satisfait de lui-même, il ajouta :

« On va dîner ensemble... Et la cantine de l'hospice est gratuite... Chic ! »

Il m'était impossible d'éviter ce tête-à-tête qui maintenant me répugnait. Je me promis, du moins, de me confiner dans la plus stricte réserve.

Dès le potage, Bolzaneto entama les frais de la conversation :

« Hein ?... ma belle-mère ? est-elle assez embêtante ? »

Il interpréta mon silence comme une marque d'assentiment, et poursuivit :

« Les garçons se laissent toujours embobiner... J'étais tranquille dans mon coin... Cette vieille pratique n'a pas eu de cesse à me relancer... A présent, ma carrière est fichue ! Ça vous fait cet effet, pas vrai ? »

Il attendit vainement une réponse.

« Si, murmura-t-il enfin, mon affaire est réglée comme un papier de musique !... Et pourtant j'ai eu la partie belle pour tenter la veine et peut-être gagner la fortune... Mon oncle est établi à Paris ; il m'avait écrit pour me prendre chez lui, me parlant de la cousine avec des sous-entendus... On n'attendait plus que ma libération... Oui ! mais voilà ! il me fallait rester libre... Au lieu de... Dans le trou de Bourg-Saint-Maurice, je suis un homme enterré. »

Je le regardai fixement et lui répliquai :

« Cela n'a dépendu que de vous.

— Qu'est-ce que vous en savez ? riposta-t-il. On est toujours disposé à dire à ceux qui se plaignent : « C'est votre faute !... » Quoi ? votre faute !... On ne s'est pas seulement expliqué. »

Il but coup sur coup deux verres de vin ; et le portier qui nous servait étant sorti du réfectoire :

« Ce n'est pas vous ni personne au monde qui devineriez comment ça s'est produit. Ecoutez la chose. Je vous jure sur tout ce qu'il vous plaira que je ne changerai rien à la sainte vérité... Or donc, il y a environ trois ans, j'allais souvent chez la mère de Marie... J'avais connu le père, qui était mort depuis peu ; et je me rendais là par obligeance, sans aucune arrière-pensée. Je demandais seulement : « Et aujourd'hui, « madame, est-ce que je peux vous être bon « à quelque bricole ? » Quand la mère n'était pas au logis, c'était la fille qui m'ouvrait : « Entrez donc, monsieur Bolzaneto », faisait-elle toujours. Tantôt il s'agissait d'atteindre un objet dans le haut de l'armoire à linge ; tantôt elle me glissait une commission, une complaisance à avoir ; par exemple de remonter des bouteilles de la cave. « Bon ! » que je marmottais... Une autre fois, c'était une autre carotte... A la longue, je remarquai que la petite me lançait, en coulisse, des yeux tout drôles... Ça m'amusait en dedans, sans que je songe au mal, parole d'honneur ! Un jour, je n'avais pas encore franchi le paillasson de la porte, je la vois qui tourne comme une toupie, et si je ne l'avais pas retenue, elle tombait à la renverse... Je la transporte dans un fauteuil... Là, elle se tortille, elle braille, elle grince des dents comme une possédée... Moi, je me faisais des cheveux blancs... Je lui bassine le front, le nez, les mains avec du vinaigre... Par bonheur, la mère rentre. Elle conserve son calme. « Ce n'est rien, qu'elle dit, ça va se remettre. Merci, mon ami, je n'ai pas besoin de vous. » Et elle me renvoie tout interloqué... Le lendemain, je viens chercher des nouvelles. La petite était encore seule. Elle prend sa douce voix : « C'est gentil « de m'avoir bien soignée hier. » Je lui bredouille une galanterie. Ça la rend toute sérieuse... La semaine d'après, elle me reçoit très mal. Elle me raconte qu'elle m'a vu promener une femme sur l'esplanade... C'était pardieu vrai ! je m'étais cavalé avec Nini... Hé ! vous avez dû la reluquer, de votre temps... Nini-la-Paillasse, un museau rouge qui rôdait perpétuellement autour du quartier... Du coup, je réponds : « Made- « moiselle Marie, ne vous occupez pas de « ces choses-là. — Ah ! vraiment, » réplique-t-elle avec un air effronté, « comme « si je ne savais pas ce que vous faites avec « cette personne !... » Moi, les bras m'en tombent... J'essaie de rire ; mais j'étais tout bête. Et ce fut la première fois que la mau-

vaise idée me traversa la cervelle... Cependant ça se dissipa, une fois dehors. Je commençai par me gronder et, comme je n'ai pas l'esprit de suite, je n'y pensai bientôt plus du tout... Oui ! mais on n'empêche pas d'arriver ce qui doit arriver !... »

Il se versa une troisième et une quatrième rasade qu'il absorba, chacune, en un trait.

« Une après-midi, la petite me dit qu'il faut absolument qu'elle me parle... Elle était surexcitée comme le jour de son attaque. Ses yeux brillaient à me gêner. Elle me fait asseoir et elle éclate à pleurer, en me reprochant un tas de mécaniques : et de n'être pas venu depuis le dimanche... et d'être toujours fourré avec Nini... et ci, et ça... On sentait que le son avait du mal à passer par sa gorge oppressée. Je bégayais : « Mademoiselle !... voyons, made- « moiselle !... » Tout à coup, elle saute sur mes genoux, et aussitôt de m'embrasser par toute la figure. Plus je me défends, plus elle se cramponne à moi. Il me semblait qu'elle me mouillait la peau avec du feu. Le sang me monte à la tête... Alors... »

Il s'interrompit, épongeant avec sa main calleuse de grosses gouttes sur son front en sueur ; et me dévisageant, à son tour, bien en face :

« Qu'est-ce que vous auriez fait à ma place ?

— Moi ! m'écriai-je avec un soubresaut, quelle supposition !... »

Et j'évitai ainsi de répondre.

Bolzaneto vidait, sans interruption, la seconde bouteille. Il balbutia :

« Vous vous rendez compte, à présent, que ce n'est point de ma faute si j'ai été obligé de me marier ?... »

Une légère ivresse commençait à bercer ses paupières. Bientôt il s'assoupit.

. . . . . . . . . . . . . . . . . .

... A l'aube, Bolzaneto jouait déjà aux cartes dans la cour, avec trois émigrants italiens d'aspect patibulaire.

Il suspendit la partie pour marcher à ma rencontre :

« On ne se figure pas, geignait-il, la déveine que j'ai au *crache-cadet!* »

Puis, en m'abordant, il tira de sa poche un mince et misérable bracelet de corail qui

de lui être adressé, au bureau de l'Hospice. Son beau-frère l'informait que Marie était atteinte d'une angine et que le médecin exprimait des inquiétudes.

« Que faites-vous ici? m'exclamai-je avec indignation. Votre place est là-bas. Filez vite !

— Vous avez raison, répondit-il cordialement. Je cours seller ma ponette. »

Dix minutes après, il était en route ; et je vis longtemps sa silhouette galoper sur le plateau du col.

Au dernier tournant, Bolzaneto *dit* Zigue se dressa sur ses étriers qui ra-

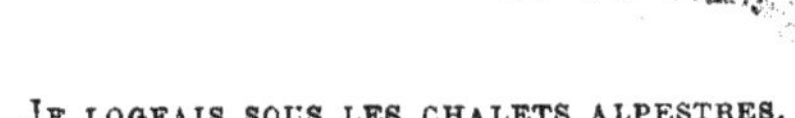

JE LOGEAIS SOUS LES CHALETS ALPESTRES.

ne pouvait convenir qu'à un poignet de fillette.

« Vous ne seriez pas amateur, chuchotat-il avec embarras, de m'acheter ce bijou?... Je vous le céderais pour pas cher... »

Je lui tendis une pièce de vingt francs ; et, lui restituant l'objet :

« Offrez, de ma part, ce petit souvenir à votre femme. »

Je me serais vraisemblablement exprimé avec plus d'exactitude, si j'avais dit :

« Rendez-le-lui. »

Bolzaneto se confondit en protestations de gratitude.

« A propos, soupira-t-il, sa santé ne va toujours pas. »

Et il déploya un télégramme qui venait

saient presque le sol ; et, de la main, il m'envoya, au-dessus de son grand chapeau de ruffian, un salut frénétique et triomphal.

### V

Je séjournai pendant trois semaines dans la région du Val d'Aoste, logeant sous les chalets alpestres, parcourant avec ardeur les cimes et les petits glaciers éternels qui se dressent entre la chaîne du Mont Rose et le grand Paradis. Quiconque a satisfait le même caprice doit garder un lumineux souvenir de ce temps d'âpre indépendance, passé au sein de la grandiose nature, parmi des gens dont on ignore la langue sauvage, et comme dans un autre monde que celui habité par ce qu'on aime et par tout ce qu'on hait ou redoute.

Enfin je regagnai la France par le chemin d'où j'étais venu.

Après avoir retenu ma place à la diligence de Moutiers qui se trouvait déjà en partance, je me dirigeai rapidement vers le *Comptoir Français*. J'obéissais alors à une impulsion irraisonnée, car j'avais précédemment résolu de m'abstenir de cette démarche.

Le bouton de la porte était ôté.

En collant le nez au ras de la vitre, je distinguai un marmot enfermé, par une étroite tablette, entre les bras d'un petit fauteuil. Il s'ingéniait, par un jeu de ses lèvres, à saliver sur sa bavette. En face de lui, un gros chat accroupi bâillait, de toutes ses forces, arc-bouté sur ses pattes de devant.

Je frappai inutilement.

Et la corne du conducteur sonnait le départ. La voiture s'ébranla dès que j'eus gravi sur l'impériale.

En traversant une place plantée de hêtres, nous manquâmes d'accrocher une voiture qui stationnait à l'ombre des vieux arbres. Les jurons de mon cocher me firent abaisser les yeux.

C'était justement la victoria de Bolzaneto, attelée de la petite Claudine et d'un cheval qui n'était pas le rossard rouan.

La belle-mère se tenait à leur tête, dans son antique toilette noire, et elle leur émouchait le poitrail, par le balancement machinal d'une branche feuillue.

Je lui criai :

« Bonjour, madame! »

Elle leva vers moi, sans me reconnaître, un regard vague et terne.

A l'extrémité de Bourg-Saint-Maurice, sur le seuil d'un café borgne, un beau gaillard se tenait en représentation, les pouces dans les entournures du gilet. Une cravate violette d'étoffe légère, soulevée par la brise, battait son menton.

Du plus loin qu'il m'aperçut, il se précipita vers la diligence ; et, se juchant d'un bond sur le marchepied :

« Vous savez, fit-il victorieusement, je suis parvenu à troquer avec le dentiste... Pourquoi ne m'avoir pas prévenu de votre retour? Je vous aurais ramené, grande vitesse!... »

Je lui répliquai :

« Comment va votre petite femme? »

Son visage s'altéra. Une expression de vive tristesse l'envahit et voila ses yeux gouailleurs de mauvais sujet.

« Oh! la pauvre!... soupira-t-il... Elle est morte en vingt-quatre heures! »

Et, sur ces simples mots, Bolzaneto *dit Zigue* lâcha l'appui de la rampe et ressauta sur le terre-plein de la

Sur ces simples mots, Bolzaneto lâcha l'appui.

au moment où le véhicule public allait engager sa lourde carcasse dans une pente incommode.

# Les Frères Roudaz

## LES FRÈRES ROUDAZ

### I

Leur réputation de chasseurs de chamois rayonne sur tout le Val de Tignes, à l'est duquel ils habitent, été comme hiver, par dix-neuf cents mètres d'altitude, le hameau de la Reviette, sous l'Aiguille de la Grande-Sassière.

Roudaz Joseph, qui a sur son frère trois ans d'aînesse, va bientôt dépasser la quarantaine. C'est un homme de petite taille, au teint mat, avec des yeux d'un bleu très clair et très doux ; il ne porte qu'un peu de barbiche dont le poil est mince et rare comme celui d'une verrue.

Le cadet, Roudaz Séraphin, est un colosse, d'aspect dur et sanguin ; une sorte de crinière rouge couvre sa tête, encadre ses joues et son menton, jaillit de ses lèvres, et partout se tient raide.

Leur demeure, dans laquelle Séraphin ne peut entrer que de biais et en se baissant, contient un seul grabat mis en commun. Une vieille échelle, accrochée au long du plafond et privée d'un des montants, présente, comme des patères, ses pièces transversales d'où pendent quelques guenilles et des couronnes de pain, cuites en bloc au four banal. Sur la table de bois blanc, une polenta de maïs repose constamment.

Chasser le chamois est la perpétuelle préoccupation des deux frères, leur rêve ardent, leur but opiniâtre, l'unique raison qu'ils s'attribuent d'être au monde. Mais cet exercice n'étant profitable qu'à l'arrière-saison, ils consentent à s'employer, en qualité de guides, depuis le mois de juin jusqu'à la mi-août.

Singuliers guides, à la vérité ! Non pas qu'ils manquent de prudence au gré des touristes, ni d'habileté. Mais leur froideur taciturne est faite pour déconcerter, ainsi que l'impuissance où ils sont de dénommer aucun des points de repère de l'horizon. Que voulez-vous ? Toute la science des Roudaz leur vient des chamois pour qui les crêtes n'ont point de nom. C'est le gibier qui, dans ses fuites prolongées, leur a révélé les secrets des sentiers. Tel dôme est celui du Chamois Gris ; tel autre est celui de la Femelle, parce que Joseph y a tué une chèvre pleine. Quelquefois, harcelés de questions, les frères se bornent à répondre :

« Ça, nous l'appelons la Dent... le Bec... la Pointe. »

Ou bien :

« C'est le Col à Gauche ou le Col Derrière » par rapport à d'autres cols qu'eux seuls connaissent.

On n'en peut jamais obtenir un renseignement plus technique.

## II

Vers le 20 août, les semaines de chasse commencent pour durer jusqu'à la fin d'octobre.

Dans la nuit de chaque vendredi, sur le coup de deux heures, les Roudaz s'évadent des Alpes françaises, jadis giboyeuses, mais que la tolérance administrative a laissé dépeupler. Ils gagnent le versant italien par les fentes de Rhêmes ou de la Galise, et s'introduisent ainsi dans l'asile suprême du bouc sauvage que protègent des veneurs royaux. Là s'offre le grand œuvre du braconnage, anobli par la gloire d'une campagne chez le *Piémontais*.

Au crépuscule du samedi, ils atteignent enfin, près de la source de quelque doire, un des petits chalets que leur illustre émule, Victor Emmanuel II, a parsemés sur les pentes où végètent les rhododendrons. Roudaz Séraphin, à qui toutes les grosses besognes incombent, force tranquillement la porte. Et, dans l'abri, chacun se couche pour tâcher d'y jouir d'un sommeil impatient, sous les douces lueurs des étoiles qui se posent contre les vitres, comme des mouches étincelantes.

Le lendemain sera le bon temps du dimanche que les gardes ont adopté pour flâner en bas et se divertir dans les cabarets de Porcetti ou de Vaudaletta. Cependant cet usage n'a rien d'inviolable. Souvent même, à leur sortie du pavillon, les deux Savoyards se trouvent investis par les *habits verts*. Mais l'air, qu'ils prennent soudain, leur vaut ordinairement de pouvoir se retirer avec les honneurs de la guerre ; car le sens de leurs regards pose la question de vie ou de mort. Néanmoins, plus d'une fois, des coups de feu ont été échangés, sans que la police ait ouvert une instruction à la suite. Du moins, ce qui est péremptoirement établi, c'est que les Roudaz sont toujours revenus sains et saufs ; et, d'autre part, que leurs balles, marquées d'une croix, sont de celles qui portent juste.

Bref, en admettant les circonstances normales, les deux frères ont mangé le morceau et bu la goutte, fort avant l'aurore du jour dominical. Les voilà partis, le fusil en bandoulière et des crampons de fer bouclés aux talons. Désormais, nul ne saurait les rejoindre, le diable lui-même fût-il à leurs trousses !

Roudaz Joseph passe le premier, d'abord parce qu'il est l'aîné et aussi parce qu'étant le moins lourd, mieux vaut qu'il essaye la solidité des ponts de glace. En outre, sa vue est la plus perçante, et la lunette d'approche lui est confiée pour explorer les champs de neige.

Longtemps, longtemps, ils grimpent sous la brûlure croissante du soleil levé, par les séracs et les rocs, tout à fait oublieux de s'assurer le retour.

Si la chance est pour eux, vers midi, ils découvriront *quelque chose*, qui dort là-bas, le ventre au frais du névé. Alors ils continueront de gravir, accélérant leur marche, jusqu'à ce qu'ils dominent la position indiquée. Car le chamois fuit en montant.

Avec mille précautions, utilisant les ravines, les bosses du sol, le souffle du vent, ils se dirigent vers le troupeau jusqu'à ce qu'ils puissent distinguer des cornes, à l'œil nu. A ce point, la distance est convenable.

Bon !... Ils posent leurs canons sur une saillie, et, avant d'ajuster, délibèrent à voix basse sur la cible vivante que chacun a choisie.

« A toi, celui-ci !... A moi, celui-là !... »

Et ils se répètent la convention, par crainte de retomber dans le malentendu qui naguère amena, après un coup double sur un même chamois, la seule dispute qui assombrisse encore leurs souvenirs fraternels.

... Enfin, ils ont tiré !... Deux pièces transpercées gigotent à la renverse... Le reste de la bande a pris sa course, affolée par les échos des gorges qui la trompent sur l'endroit où résonna le bruit du péril. Malheur à quiconque occupe sur un pan de roches, au bord du gouffre, l'étroite sente, familière au gibier survivant et où il n'y a place que pour *un* : homme ou bête. C'est par là que toute la harde s'élance ; et, pour peu qu'elle aperçoive une ligne bleue du ciel entre la montagne et le chasseur, elle se précipite dans cet intervalle. Les cornes d'attaque, elle élargit le passage ; et (comme on devine) ce n'est point aux dépens du granit.

Mais les Roudaz sont de vieilles pratiques : ils se collent à la paroi, s'y incrustent et gardent, pour ainsi dire, le haut du trottoir... Arrive le bruit d'un galop furieux... Puis leurs pantalons sont brossés par le rude crin de plusieurs chamois qui, soudain, manquant de sol, s'effondrent dans l'abîme...

Maintenant, il s'agit de courir aux proies, de leur trancher les jarrets pour éviter les coups de sabots, et de les achever. Ensuite, Roudaz Joseph écorche la sienne afin de n'en conserver que la peau, tandis que Séraphin charge entier le second chamois, dont on mangera la chair, sur ses épaules de géant qui ne plient pas.

Et la descente s'opère hâtivement, par des pentes vertigineuses qui coupent au plus court. Après la zone des glaciers, s'étage l'interminable région des roches où l'arme des semelles ne pénètre plus. Rencontrant une arête à pic, les Roudaz se déchaussent, scarifient la plante de leurs pieds avec une pointe de couteau, et se remettent résolument en marche. Les gouttes chaudes de leur sang qui se figent, à chaque pas, les empêchent de glisser sur le gneiss, jusqu'au bout de la traversée.

Si le brouillard ne se mêle pas de les retarder dans le défilé d'Ormelune ou de la Gailletta, ils pourront prendre le repos de la nuit en quelque lieu sûr pour leur butin, parmi les hauts plateaux de Savoie, entre Pierre-Pointe et le Franchet.

. . . . . . . . . . . . . . . . . .

Au plus tôt, le lundi, plus souvent le mardi ou le mercredi, les frères rentrent à la Reviette vers l'heure du souper. Ils traversent le hameau, parés de leurs trophées et frappant de porte en porte. Partout on les salue d'acclamations joyeuses, on se lève ; on déserte, pour les accompagner, la bouillie fumante de châtaignes.

Cette suite triomphale de trente-cinq ou quarante habitants pousse jusqu'au seuil des Roudaz qui se déchargent sur la terre battue. Bientôt un fagot crépite dans l'âtre, et fait chanter une marmite pleine de vin de la côte, où Joseph jette de menues branches de sapin vert pour parfumer la boisson d'un goût de résine.

... Un cercle s'est formé. Des petits garnements, accroupis devant les dépouilles des chamois, en manient les pattes froides et se nasardent, pendant qu'hommes et femmes hument, à la ronde, dans le grand vase brun qui est redevenu tiède. Car c'est fête à la Re-

viette, lorsque ces *sacrés* Roudaz rapportent du bien conquis sur ceux du Piémont.

Les héros de la cérémonie, assis sur des escabeaux, se pansent les pieds en devisaut. A ce moment, leur bonheur est surhumain ; leurs deux cœurs baignent dans toutes les onctuosités du paradis, sans que leurs mines graves se détendent ni s'amollissent. Ils narrent, à tour de rôle, leur peine et leur exploit. Les questions, les cris, les rires interrompent ces récits.

Tant de vacarme, dont les causes ne le surprennent pas, finit par attirer le curé. Un espace respectueux s'ouvre devant son visage blafard et sa maigre silhouette ; mais l'entrain général ne diminue point. Le ministre de Dieu, distrait dans sa vie monotone, écoute de toutes ses oreilles et approuve par le sourire de toutes ses dents. Il est indulgent pour l'échappée d'un mot obscène ou d'un blasphème enthousiaste ; et il sait ne point approfondir si c'est la vantardise ou l'amour du vrai qui arrache, aux conteurs, de vagues allusions à des audaces homicides.

Ah ! la bonne saison que l'automne est pour les Roudaz !

## III

Quand règne l'hiver, ils se tapissent dans leur antre et conservent la chaleur de leur sang dans un lit de fumier en fermentation. A la rare lueur du soleil, ils fabriquent des cartouches ou manipulent des peaux. Surtout ils dorment, comme les marmottes du pays.

En décembre prochain, cela fera trois ans que le père et la mère Roudaz ont été saisis, ensemble, par une angine. C'était la nuit de Noël, sous un froid terrible ; un mètre de neige, au dehors, obstruait la ruelle. La suffocation des malades consternait leurs fils qui jamais n'avaient été témoins d'une *affaire* pareille. Ceux-ci ont délibéré et convenu que si, le lendemain, ça n'allait pas mieux, Joseph descendrait jusqu'au Chevril, pour consulter la Maitral. Au matin, comme la situation avait encore empiré, l'aîné, qui s'entend assez aux *bricoles*, est parti.

La droguière, après l'avoir fait jaser, a hoché plusieurs fois la tête, avouant que le mal était grave, à cause de l'époque où l'on ne trouvait plus de menthe fraîche. Puis elle lui a remis un poireau, après avoir enseigné la manière de s'en servir.

Tout en retournant avec diligence, Roudaz Joseph marmottait, pour ne point les oublier, les instructions de la bonne veuve.

« Tu leur embrasseras solidement la tête dans le creux de ton coude ; tu leur introduiras la chose dans la gorge, et alors tu râcleras, tu râcleras... enfin, tu râcleras bien. »

Pour le père, l'opération a marché toute seule. Celui-ci, hagard, inerte, secoué par le râle, s'est laissé faire. Mais la mère, plus vivace, s'est longtemps défendue, en hurlant. Aussi, quoiqu'il agît pour le bien, Joseph a senti le moral lui manquer. Heureusement qu'il a été vite remonté par son frère. Car Roudaz Séraphin était là, recueilli, résolu, tirant par saccades des bouffées de sa pipe, tandis que s'accomplissait cette scène de piété filiale qui ressemblait à une scène de parricide.

Pourtant, à l'encontre de ces soins, les vieux sont morts en l'espace de quelques heures. Du reste, ils avaient duré leur temps.

Mais, pour l'instant, on ne pouvait songer à leur creuser une fosse dans la terre pétrifiée par la gelée. En semblable cas, la coutume du val de Tignes est d'attendre les premières fontes d'avril pour transporter les défunts au cimetière. Les frères Roudaz s'y sont conformés en tous les détails.

Ils ont ficelé chaque cadavre dans sa chemise qui, haussée par-dessus le front, découvrait les jambes jusqu'aux genoux. Ensuite Joseph s'est hissé sur le toit de la chaumière où il a disposé deux couches dans le givre. Cela fait, il a hélé son cadet qui lui a d'abord tendu la mère... puis le père qui, par son poids et une moindre raideur, a chuté et rechuté.

Au retentissement des secousses, quelques lucarnes se sont entre-bâillées en face, et des mains ont esquissé le symbole de la Rédemption. Lorsque les vieillards ont été étendus, côte à côte, dans le linceul immaculé des grandes neiges, pour en achever l'ensevelissement provisoire, leurs fils les ont couverts de branches sèches. Et, aux

CAR ROUDAZ SÉRAPHIN ÉTAIT LA, RECUEILLI, RÉSOLU.

quatre coins de cette tombe aérienne, de misérables oripeaux ont été plantés afin d'effrayer les mauvais oiseaux.

## IV

Depuis cet événement, qui était à prévoir, aucun autre n'a troublé la paix où sont établis les deux frères. Ils vivent solitaires et chastes, les sens indifférents à tout ce qui n'est point la chair sauvage du gibier et l'acre arome de sa toison. Ni Joseph, ni Séraphin ne médite d'épouser une femme, pas plus que de voir celles d'autrui. Aussi leurs voisins ne les entendent-ils jamais rire ni pleurer.

Au logis, leurs faces restent impassibles et sans rides ainsi que celles des chamois, dont ils suivent la sévère école. Mais en chasse, leurs narines ont emprunté, des leçons de leurs maîtres, une mobilité farouche qui renifle les émanations des brises et flaire l'approche de tous les dangers.

On ne les voit guère se parler entre eux. A quoi bon? Leurs connaissances et les idées qui en découlent sont communes. C'est ce dont ils ont acquis maintes fois la preuve, à l'âge juvénile où ils étaient bavards.

Cependant, certaines circonstances réussissent à triompher de leur mutisme habituel. Par exemple, au printemps, si le vent d'une avalanche a fauché une forêt dans les environs; ou bien encore, durant les orages de l'été, lorsque la foudre incendie, soit une grange proche, soit une commune du canton. Sitôt, l'un d'eux part aux renseignements et rapporte des assertions que l'autre conteste et prétend exagérées, par cette tendance naturelle et jalouse du simple auditeur qui voudrait aussi avoir vu.

Ils n'éprouvent qu'une haine : celle du Piémont, qu'ils ont tétée dans le lait savoyard, et que de longues années de tyrannie avaient inoculée, comme un venin, dans la semence de leurs ancêtres. Aujourd'hui ils ignorent encore, en bien et en mal,

la France dont ils sont devenus citoyens et qui s'agite au-dessous d'eux, parmi des plaines que leur imagination ne se représente pas. Certainement, il faudra que plusieurs générations se succèdent sous les chaumes de la Reviette avant qu'une descendance ait acquis le tempérament d'aimer ou de détester la nouvelle patrie.

Les Roudaz, qui personnifient un des types les plus élevés de la montagne insoumise, sont fiers, indépendants, sobres, intrépides, fidèles et tendres dans leur étroite fraternité. J'ajouterai cet avis :

Que nul ne se risque jamais à leur barrer la retraite sur la lisière des abîmes, car

ILS SONT FIERS, INTRÉPIDES.

ils n'hésiteraient pas, tête baissée, à se frayer la voie par un meurtre inconscient.

Leur vraie nature tient plutôt du chamois que du chrétien ordinaire.

# Le Bienheureux
# du Val de Pralognan

# LE
# BIENHEUREUX
# DU VAL DE PRALOGNAN

## I

Pour pénétrer dans la Maurienne par le Col de la Vanoise et voyager au frais, je quittai Salins, en voiture, à cinq heures du matin.

Lorsque je traversai Brides, sur la route qui s'élève en colimaçon, les baigneurs y dormaient encore derrière leurs persiennes closes. Seule une blanchisseuse, suant dans le brouillard, battait son linge au bord de la rivière des Allues. Plus loin, près de l'ermitage de la Perrière, deux chats, presque debout dans le trèfle, s'occupaient à gifler des bourdons.

A partir du Villard-Goitreux où mon cocher arrêta ses chevaux pour les faire boire, la voie se sépare du Doron dont elle a longé, dans la plaine fertile de Bozel, à leur niveau même, les eaux vert-clair, évasées, rapides et peu profondes, que la saillie des roches erratiques ébouriffe en touffes blanches. Ensuite le torrent saute et gronde à droite, entre deux murs d'ardoise, au fond d'une gorge étroite et sombre ; à gauche, le chemin des chars s'enroule en lacets autour des contreforts de l'Aiguille-Noire. Arbitrairement taillé dans la masse calcaire, il est serré par le vide d'une part, et de l'autre par un talus abrupt d'où jaillissent tour à tour les ruisseaux recherchés des salamandres et les racines poussiéreuses de grands chardons à têtes violettes.

Après deux heures de montée ardue, à l'ouverture du Val de Pralognan, on recroise le Doron bruyant et maigre dont le cours n'étale pas encore cette rude fierté que ses affluents lui prêteront plus bas. On le franchit, en vue des glaciers de Chasseforêt, par un mauvais pont de planches, devant la chapelle de Notre-Dame-des-Neiges ; et, après un trajet sous les sapins et les mélèzes, parmi les monticules arrondis qui servent de cloison entre les hameaux de la vallée, le clocher de Pralognan apparaît enfin, avec ses quatre faces de fer-blanc.

Ici, la route carrossable s'arrête brusquement.

On croirait même que la seule issue soit en arrière, tant la formidable chaîne de la Vanoise, devant soi, se dressé haute et droite, sur trois points cardinaux, depuis le sol jusqu'au ciel.

## II

Il était près de midi.

J'entrai pour déjeuner à l'auberge du *Soleil*. Les volets étaient fermés, les sièges et le comptoir déserts dans la salle obscure. J'appelai, je cognai avec mon piolet sur une table, sans que l'on se dérangeât.

Mais, en même temps, des voix résonnaient derrière la maison.

C'était une querelle entre deux individus : l'un jurait et articulait des mots clairs, des injures, des menaces ; l'autre répliquait avec une violence égale, par des exclamations inintelligibles et des grognements.

Las d'attendre et intéressé par cette dispute dont l'état ne semblait pas avancer, je poussai le contrevent.

Sous une tonnelle, un homme, vigoureux et barbu, détachait du treillage un chien jaune, étique, à longs poils, qu'on y avait pendu avec un cordon rouge.

A côté de lui, une sorte de nain grêle et difforme tendait en l'air ses bras, secoués par un frémissement à chaque effort qu'il faisait pour parler.

Le grand criait :

IL VIVAIT DE LA CHARITÉ DES HABITANTS, RELÉGUÉ DANS UNE GRANGE...

« P'isque j'te dis qu'il était enraja! »
Mais le petit niait de la tête, et des ru-

meurs confuses s'échappaient de sa poitrine oppressée par la colère.

Le premier continua :

« Qué qui v'nait toujours fur'ter, ton chien, dans ma cuisine?

— Heu! heu! bégayait l'autre, pas... non... pas enraja! t'es on... on... mauvais hôm!...

— Le v'là, ton chien! »

Et l'animal, inerte, tomba par terre.

Son maître s'empressa de lui desserrer le cou et de lui soulever la gueule.

J'examinai ce pauvre être, qui pouvait avoir une trentaine d'années.

La peau de son visage, d'une teinte terreuse, était, comme son front fuyant, craquelée de rides fines ; ses petits yeux ronds, clignotants, très écartés du nez mince et recourbé, lui donnaient l'expression d'un oiseau craintif ; ses oreilles, ornées de boucles de corail, étaient reployées par un vaste chapeau de feutre qui enfonçait trop en arrière et cachait les cheveux.

L'aubergiste s'emporta de nouveau :

« Tu vas ti coucher là jusqu'à c'qu'i soit ressuscité? Fich'moi l'camp! »

Et dans le mouvement qu'il fit pour pousser son faible adversaire vers la porte, il m'aperçut. Reprenant alors d'un ton plus doux :

« Allons, Roland, comprends la chose : l'chien vous aurait mordu, toi et la gosse. A c't'heure, vous seriez p'têt' tous deux su' l'moment d'crever... T'ens, v'là un' chiqu'. Et pis, r'tourn'-t'en. Tu vois b'en qu'j'ai affaire près de m'sieu... »

Roland me considéra longuement sous ses paupières papillotantes et parut se calmer. Il se leva, roula autour de ses mains la ficelle qui venait d'étrangler sa bête et serra cette pelote, avec la pincée de tabac, dans une des poches flottant à la hauteur de ses genoux, parmi les plis d'un vêtement qui n'avait pas été taillé pour lui. Puis il chargea sous son bras le cadavre misérable et s'éloigna d'une marche saccadée, balançant la tête, les pieds très plats et tournés en dehors.

Il était si petit que la queue du chien traînait par terre.

A l'interrogation de mon regard. l'aubergiste répondit, avec un sourire indulgent qui s'encadrait mal dans sa face velue :

« C't'un b'enheureux ! »

Il m'expliqua ensuite, tout en disposant mon couvert, que Roland était le sacristain de la paroisse. Il vivait de la charité des habitants, relégué dans une grange du hameau de Barioz, que la cime du Grand-Marchet prive du soleil, en compagnie de sa chèvre et d'une fillette encore plus inepte que lui. Celle-ci, échappée d'on ne savait où, « s'était amenée », deux ans auparavant, avec une clochette au cou, comme on en pose au bétail et aux idiots complets que leurs parents laissent vagabonder...

Ayant changé le sujet de la conversation, je confiai à mon hôte le soin de me procurer un guide pour le lendemain. Il me fit remarquer que ce serait dimanche et me prévint que je ne pourrais point me mettre en route avant neuf heures, tous les gars de Pralognan ayant la religion de la messe.


### III


On me servit le café sur la terrasse extérieure de l'auberge, bordée par la grande rue.

En face de moi surgissait l'apparition sinistre du Dar et des Marchet, dont la muraille verticale de pierres grises, sans plantes ni mousses, ferme l'horizon par une suite d'angles rentrants ou saillants. Sous la couleur prodigieusement foncée du ciel, un toit de glace infini s'étend, et, de ses gouttières naturelles et béantes, deux cascades s'échappent, sillonnant la dure surface du gneiss ou du granit. Leurs jets sont si compacts qu'ils paraissent immobiles, aussi bien aspirés par la montagne que précipités vers l'abîme. Seulement on les voit parfois, à certains points, enfler et se dilater au long du roc décharné, sur des côtes ou des bosses ; et c'est, dans ce paysage macabre, comme de grosses veines battant sur les os d'un squelette immense.

**Les attraits immédiats** de ce spectacle vertigineux découragent bientôt la pensée. Je me hâtai de déplier une feuille d'état-major, et, grâce aux proportions dans lesquelles le calcul du géographe avait réduit la physique de la contrée, je retrouvai une idée, illusoire sans doute, mais plus générale et plus tranquille des choses.

Je suivais curieusement le tracé du passage très long et très compliqué que j'allais prendre pour parvenir à Lans-le-Bourg, lorsqu'un objet s'appesantit mollement sur mes genoux. J'abaissai aussitôt ma carte et j'aperçus un monstre exigu à face humaine qui portait une tête de vieille sur un corps de bébé. J'eus un mouvement d'horreur puéril et je poussai une exclamation instinctive.

L'enfant me souriait de ses grosses lèvres pendantes et baveuses, jouait avec mes jambes et renversait sa tête large, trop lourde, mal retenue par **un** cou frêle.

Au cri que j'avais proféré, la servante était accourue. Elle comprit sans explication et enleva l'inoffensive créature avec une vivacité dépassant mon souhait ; et Roland, qui revenait de sonner l'*Angelus*, ayant juste à ce moment débouché au tournant de la rue, elle l'apostropha :

« Hé, l'b'enheureux ! gard'la donc d'vers teï, ta p'tiote ! »

Le sacristain recueillit cette dernière en grommelant, et poursuivit le chemin vers son gîte. Comme il s'éloignait, d'un pas pénible et coupé, soutenant toujours sous son bras son chien mort et traînant de l'autre sa fille adoptive, la servante lui cria de nouveau, en me lançant un coup d'œil :

« Dis, Roland, t'es ti cor amoireux de meï ? »

Alors le petit homme fit volte-face et, le regard triomphant. la bouche épanouie, il répondit avec une netteté et une énergie dont je ne l'eusse pas cru capable :

« Non ! »

L'autre éclata d'un rire sonore qui lui faisait se tenir les hanches.

Je sentis qu'elle se comportait ainsi autant pour se rendre intéressante que par goût de s'amuser. Elle était de mine avenante et il me plut de la faire causer :

elle s'empressa de me conter les intrigues de Roland.

Pouvait-on se figurer ça? Cet être abominable, ridicule, indigent, stupide, vou-

lait absolument se marier. Telle était la préoccupation constante « de sa caboche de deux sous ». Il n'existait pas une fille dans la commune de Pralognan à laquelle il ne se fût offert comme époux. Cela durait depuis dix ans. Toutes l'inspiraient également, les jolies et les laides. Il leur faisait la cour par des bouquets de laiterons bleus et des visites. Roland se présentait dans une chaumière, ses fleurs à la main, et, s'installant à l'écart, il restait là « deux heures d'horloge » à ne rien dire ; ou bien il essayait de parler, sans se laisser interrompre par les plaisanteries. Et, à travers ses bégaiements et les lacunes de son piètre vocabulaire, on devinait qu'il s'engageait à devenir « malin et frétillant comme une truite », pourvu qu'il en eût *Une* : lui-même résumait ainsi sa destinée. Les jeunes personnes se contentaient habituellement de railler sa manie et de le taquiner ; quelques-unes, néanmoins, avaient dû le frapper pour le

rendre plus calme... Mais, depuis quelques semaines, Roland colportait une grande nouvelle : il avait découvert une femme, « un' bel', bel' fâm' » qui lui avait engagé sa foi devant témoins...

Ici mon interlocutrice s'arrêta pour rire à son aise.

En effet, la farce était délicieuse : une grosse fille de Chambéry, placée chez le maire et depuis longtemps courtisée par Roland, s'était fiancée au charron de Pralognan. Elle avait fait venir « ses papiers » de la ville, et, un soir de veillée, pour distraire la ronde, elle avait déclaré au bienheureux qu'elle était prête à l'épouser, en lui exposant sous ses narines « qui reniflaient comme celles d'un lapin » le timbre et le cachet des pièces officielles. Aussi fallait-il voir comme Roland se rengorgeait aujourd'hui et dédaignait toutes celles qui l'avaient dédaigné !...

Mais, à cet endroit de son récit, la servante s'arrêta et, du coin de son tablier, essuyant ses yeux mouillés de bonne humeur, elle rentra subitement dans la salle de l'auberge, où le patron, avancé jusqu'au seuil, la rappelait d'un regard jaloux et brutal.

IV

Quand la forte chaleur se fut dissipée, je montai en me promenant jusqu'à Barioz.

Au bout de quelques minutes, le sentier raboteux s'enfonçait dans une ombre humide et froide. Sur les bords, de rares arbustes tendaient languissamment leurs branches vers la région où règne le soleil quotidien ; les tiges hydropiques de plantes vertes rampaient sur la terre boueuse, et quelques fleurs décolorées oscillaient aux souffles intermittents d'un vent aigre, issu des anfractuosités proches.

Bientôt j'atteignis les masures basses et serrées les unes contre les autres, comme des moutons qui attendent la tourmente. Une senteur bestiale s'échappait par les interstices de leurs murs en bois noir de fumée et par le délabrement des toitures en écailles de sapin.

Tout était fermé, désert, silencieux.

A l'extrémité du hameau, j'arrivai devant une bâtisse, décrépite et détachée du reste, dont la porte bâillait.

Roland était assis derrière et très occupé à fouiller avec ses doigts dans un fromage persillé dont il mangeait, sans pain, les extraits émiettés. Sur l'autre escabeau, le corps du chien jaune reposait, et, entre eux deux, un essaim de mouches bourdonnantes balançait son vol. Au fond du gîte, la petite idiote se roulait dans le fumier de la chèvre, partie sans doute en montagne jusqu'au crépuscule, avec le pâtre communal.

Je m'écriai :

« Bonjour, monsieur Roland. »

Il me dévisagea sans sourciller ni suspendre son repas.

« Vous êtes bien logé », repris-je gravement.

Il promena un regard circulaire sur les tas d'immondices qui constituaient son mobilier, et sa physionomie grotesque s'éclaira de satisfaction.

J'étais décidé à vaincre son mutisme : je recourrus de suite aux grands moyens et, montrant une pièce de cent sous, je lui demandai :

« Aimez-vous ça ? »

Ah ! il savait bien ce que c'était ! Ses yeux ronds clignèrent à toute vitesse, et sa main, immédiatement tendue, saisit l'aumône en se crispant.

« Heu !... heu !... fit-il, pour... la... noce. (Et se levant :) J'vas vous... montrer... queuque chose. »

Il alla chercher, sous un amas de fagots, un vieux paroissien, qu'il feuilleta page à page, en replaquant avec méthode les coins recroquevillés. Enfin, il trouva une image qu'il m'offrit avec dignité.

C'était sa photographie, une épreuve dont l'avait probablement gratifié quelque industriel de passage, pour récompense d'avoir fourni, comme un article de vente, un spécimen de ces types inférieurs qui végètent dans certaines localités de la Savoie. Ou bien c'était la fantaisie d'un amateur

jovial ; mais, en tout cas, celui devant qui posa ce pauvre diable lui avait choisi l'attitude la plus propre à faire valoir son irrémédiable dégradation. On avait dissimulé ses indices de front, écarquillé ses yeux, entr'ouvert sa bouche et distendus ses doigts si longuement emmanchés qu'ils frôlaient la surface du sol. C'était hideux.

Guettant mes impressions, Roland dirigeait sur moi, de bas en haut, un regard scrutateur. Comme pour assurer l'effet, il ajouta :

« J'en avais... une aut'e... qu'est maint'nant... cheu... cheu... (Par un suprême effort, il en sortit) — cheu mamzel' Jâne.

— Mamzel' Jeanne ? répliquai-je. Est-ce votre promise ? »

Il baissa affirmativement la tête comme un être sérieux, discret et recueilli.

Par pitié, ou peut-être seulement par cette manie importante qu'on a d'avertir les gens moins bien renseignés que soi, je voulus le mettre en garde :

« Vous avez eu tort de donner d'avance votre portrait. Un mariage n'est jamais sûr avant que le maire y ait passé. »

Le petit homme m'empoigna familièrement le bras et me répondit avec lenteur :

« Ell' m'a... montré... ses... ses papiers.

— Mais cela ne prouve rien. Si demain Mⁱⁱᵉ Jeanne vous retire sa parole, qu'est-ce que vous aurez à dire ? »

Il se gratta la tête, très embarrassé. Je saisis l'occasion d'ouvrir, dans son cerveau obstrué, une voie de retraite.

« Eh bien ! vous chercherez un autre parti, qui sera peut-être meilleur. D'abord on m'a raconté que vous étiez un coureur. »

Je m'étais trompé en me fiant à la réussite de cette grossière flatterie.

Rolaind devint fort triste, et il entreprit de se justifier en m'expliquant sa vie passée. Ses propos étaient souvent incompréhensibles ; mais parfois ils me touchaient en plein cœur, tant ils étaient vrais et simples, comme les revendications d'une bête qui parlerait. Et le phénomène qui me frappa, l'idée qui se dégageait sans cesse, à travers les murmures de sa voix caduque et grondante, c'est qu'il était exclusivement amoureux de sa Jeanne, la première femme qui ne l'eût pas repoussé. Il en était même amoureux fou, et de la façon dont peuvent l'être les personnes douées de raison.

Je constatai que mon instinctive sollicitude envers lui était inutile et impuissante à imprimer une direction salutaire à ses actes. Aussi, après quelques phrases banales, je redescendis au village, tout songeur...

Au moment de l'*Angelus* du soir, je revis Roland accompagné d'une bonne plantureuse qu'il semblait questionner d'un ton à la fois pressant et soumis. Celle-ci se confondait en assurances, avec un flux de mots et de gestes exagérés.

Des travailleurs, qui revenaient de l'ou-

les esprits sains ne sont pas les seuls à se froisser des conseils, dans le succès.

V

Le lendemain matin, tandis que je me levais pour faire mes préparatifs de départ, une population bavarde et endimanchée, qui se rendait à l'église, défila sous ma fenêtre.

Une quantité de fidèles arrivaient de loin, sortaient de partout.

Les femmes, en robe unie et sombre, étaient coquettement coiffées de la frontière de velours dont les trois pointes armaient le front et chacune des oreilles, et dont les galons d'argent, entrelacés avec les cheveux, appliquaient sur la nuque les paquets de nattes blondes, brunes ou blanches. Toutes

QUAND JE FUS PRÊT, J'ALLAI, COMME TOUT LE MONDE, A L'ÉGLISE.

vrage, les entourèrent en riant ; et j'entendis le bienheureux rire plus fort que les autres, parce qu'il était le plus content.

En passant devant moi, il me fit un beau salut, très froid ; ce qui me prouva que

avaient une croix de métal sur leurs fichus de mousseline qui cachaient les seins et découvraient le goître, chez certaines. Les hommes, sous leurs larges chapeaux et dans leurs vestes de laine grise, s'approchaient en fumant la pipe, portant sur leurs figures jaunâtres la cicatrice des rudes combats que leur livrent les éléments, dans la montagne ; et, çà et là, derrière de longues barbes, on voyait encore rebondir des goîtres. Les enfants nu-tête, avec des cravates de couleurs crues et la raie bien tirée dans leurs crinières lissées à l'eau, se pourchassaient en chantant et en faisant retentir leurs galoches.

Après que l'appel de la messe eut fini de sonner, la rue se dépeupla et le silence se rétablit. A peine percevait-on le beuglement lointain des vaches et le carillon de leurs cloches.

. . . . . . . .

Quand je fus prêt, j'allai, comme tout le monde, à l'église. C'était l'instant du prône ; et tandis que j'examinais une peinture d'une singulière naïveté, j'entendis vaguement le prêtre annoncer, selon la formule :

« .. Il y a promesse de mariage entre Jeanne Bléchard, domestique, et Vincent Cruchod, charron. Les assistants qui connaîtraient un empêchement sont invités à le faire savoir, sous peine d'excommunication... »

Un ricanement prolongé suivit la publication de ces bans.

Mes regards se portèrent aussitôt vers l'autel ; et, devant les trois marches où l'officiant monte, je reconnus Roland, qui protestait de la main droite levée.

Jamais je n'oublierai cette main énorme, éclairée par le vitrail du chœur, ni ces doigts

L'AUBERGE.

en spatules épaisses qui planaient, très haut, au-dessus de ce tout petit corps...

... La main ne s'abaissait toujours pas ; mais, au contraire, elle vibrait par secousses et semblait vouloir s'enlever, comme un cerf-volant.

M. le curé lui-même, malgré la solennité du sacerdoce, ne put contenir toute son hilarité.

Roland fit volte-face et vit les éclats de rire tordre deux cents visages...

Je ne sais ce qu'il comprit ni quelle lumière tardive pénétra dans la caverne de son crâne ; mais, d'un bond, et poussant des cris affreux, il se rua sur la commère avec laquelle il causait si intimement la veille : l'ayant souffletée, il tenta de l'étrangler.

Un gaillard robuste, le fiancé sans doute, s'interposa ; et, s'emparant de cet avorton, il courut le jeter dehors, comme une méchante bestiole. Cela fait, il regagna tranquillement sa place.

Quand on l'avait emporté, Roland s'était tu subitement, pour fondre en larmes. Les gens de mon entourage, devenus graves, s'entre-regardèrent ; et, dans leurs chuchotements, je distinguai que ces pleurs étaient les premiers qui, de l'aveu général, eussent coulé sur cette face flétrie.

Pendant que le service divin reprenait son cours, je partis à la recherche de Roland.

Il avait disparu de la route.

Supposant qu'il retournait peut-être chez lui par quelque sente détournée comme en tracent les chèvres, je grimpai jusqu'à Barioz.

Sa protégée était absente, et lui ne rentra pas.

L'heure fuyait. Je redescendis à l'auberge, vers laquelle les villageois, sortis de la messe, arrivaient en foule pour boire la goutte.

J'allais prendre sous la tonnelle, où je les avais déposés, mon sac et mon piolet, quand un lugubre spectacle me fit reculer.

Roland était pendu, devant moi, avec le cordon rouge qui avait servi à son chien, et tous deux avaient, à la même place, exhalé leurs vies équivalentes.

La petite idiote, suivant son divertissement favori, jouait avec les jambes pendantes du mort, comme la veille avec les miennes ; et elle balançait dans l'air le bienheureux du Val de Pralognan.

# Le Chemin de fer à crans

## LE
## CHEMIN DE FER A CRANS

### I

L'exploitation de l'extraordinaire voie du Faulhorn était ouverte depuis trois mois environ...

La presse de Suisse et les principales publications de l'étranger avaient célébré le succès de ce nouveau chemin de fer *à crans* qui aboutissait à huit cents mètres au-dessus de la gare terminale du Rigi, dont l'altitude semblait auparavant insurmontable pour les locomotives, même les plus savamment compliquées. Outre que l'orgueil des ingénieurs en avait été exhaussé d'autant, l'usage s'était aussitôt répandu, dans le monde des touristes, de s'interpeller, à ce sujet avec importance : « Avez-vous vu cela ?... Oh ! mon cher, il faut avoir vu cela ! » Suivaient mille et mille détails, commentaires, historiques et descriptions. Dieu garde ceux qui n'ont point vu les choses, qu'il *faut* avoir vues, oui, Dieu les garde d'en entendre parler par quelqu'un qui les a vues !

... C'était un soir, à l'arrivée du train de neuf heures, après une triste journée de pluie fine...

Une dizaine de voyageurs, tout au plus, avaient bravé l'intempérie, et, dans l'espoir d'un meilleur lendemain, montaient coucher à l'hôtel Alpenrose d'où l'on est bien pour assister très intimement au petit lever du soleil. La brise soufflait de l'est et promettait de bientôt dissiper les nuées qui troublent trop souvent le joaillier céleste dans son éternel labeur. Justement le Faulhorn est situé au milieu d'un des plus superbes ateliers que l'astre ait choisi pour y travailler à son aise : au sud, du matin au soir, celui-ci argente ou dore alternativement les immenses neiges de l'Oberland ; au nord, sur les lacs de Thoune et de Brienz allongés en forme de rivière, il étale ses trésors de diamants, de saphirs, d'émeraudes ; et, jamais satisfait de leur disposition, il en déplace, de minute en minute, les lueurs précieuses...

... Le quai avait été promptement évacué ; et le commissaire de surveillance, revenu à son bureau, se consacrait à rallumer sa longue pipe de porcelaine lorsqu'il reçut la visite insolite du Chef de gare. (Ces deux fonctionnaires vivaient en mauvais termes, par ce motif que l'un et l'autre jouissaient d'un logement pareil et d'un traitement égal ; or chacun d'eux s'attribuait un mérite supérieur à celui de son collègue.)

Néanmoins, le commissaire esquissa un sourire d'amabilité feinte et insinua :

« Quel heureux hasard vous amène, M. Linder ? Et qu'y a-t-il donc pour votre service ?

— Il y a pour mon service, M. Muller, que mes hommes d'équipe ont trouvé une personne tuée, dans un wagon de première classe. »

M. Muller, aux prises avec une bouffée récalcitrante, avait écouté en dardant sur son interlocuteur de gros yeux blancs, comme en fait un artiste consciencieux qui joue d'un instrument à vent. Soudain, il interrompit son air :

« Je suppose que vous voulez plaisanter, M. Linder ? »

Celui-ci fit un salut cérémonieux et répliqua :

« Ceci est votre affaire, M. Muller. »

Et il tourna les talons.

Cette fière allure inquiéta le commissaire qui décrocha sa casquette galonnée et sortit en hâte...

Un sinistre spectacle l'attendait :

Sur les coussins maculés d'un compartiment, un homme gisait à la renverse. Une balle lui avait défoncé l'oreille droite et ensanglanté la barbe raide et rousse. La victime, encore chaude, portait une tenue d'alpiniste. Dans sa sacoche, M. Muller trouva un guide, de langue anglaise, ainsi qu'une assez forte somme en livres sterling et en banknotes... Au surplus, aucune indication sur l'identité, aucune arme permettant de conclure à un simple suicide, aucun mobile apparent du crime, puisque tout soupçon de vol devait être écarté.

M. Muller était consterné.

M. Linder s'agitait avec une aisance peut-être un peu trop manifeste. Le fait est que, n'encourant point de responsabilité en la matière, ni de surcroît de besogne, il jouissait sans arrière-pensée du plaisir d'avoir été vite informé d'un événement énorme et d'avoir eu sous la main quelqu'un à qui en faire part. Et veuillez remarquer que cet événement n'était pas moins indéniable qu'énorme. Malgré la plus forte envie, il n'y avait pas à tergiverser devant un cadavre aussi authentique. Voilà pourquoi M. Linder prenait presque un ton de défi pour répéter :

« Ça, c'est quelque chose, monsieur Muller ! »

En effet, c'était quelque chose.

Le commissaire s'empressa de recommander la discrétion aux employés, par égard envers la prochaine émission d'obligations que projetait la Société Anonyme du Chemin de fer à Crans. Ensuite, il fit transporter la funèbre dépouille dans une armoire vide qui était destinée à contenir les objets retrouvés. Puis, par des investigations discrètes, il se renseigna sur le caractère des gens qui venaient d'entrer à l'unique hôtel de ce plateau étroit et désert. L'examen du registre de police suffit pour le convaincre qu'il n'apprendrait rien de ce côté. On avait inscrit un pasteur et sa femme, un officier allemand avec ses quatre filles et leur gouvernante, plus une dame de Fribourg, dont M. Muller connaissait le mari, et qui était accompagnée de ses deux demoiselles.

Enfin, de guerre lasse, M. Muller passa la majeure partie de la nuit à rédiger un rapport circonstancié qui partit dès l'aube à l'adresse du Conseil d'administration et dans lequel figuraient toutes les constatations matérielles et toutes les déductions intelligentes qu'une Compagnie a le droit d'exiger d'un agent payé quatre francs par jour.

## II

La matinée suivante fut splendide. Le train de midi débarqua, sans incident, un grand concours d'ascensionnistes qui ne doutaient point d'avoir à contempler un magnifique coucher du soleil, alors que l'astre indifférent se retire derrière les gigantesques montagnes et détruit, en une seconde, son œuvre parfaite, qu'il recommencera totalement à la faveur des aurores futures.

Mais, comme il advient souvent dans ces régions qui sont le domaine privilégié des vents et des nuages, les prévisions météorologiques furent trompées. Un violent orage éclata dans l'après-midi et couvrit tout l'azur d'un épais voile gris.

Malgré l'influence de l'électricité ambiante qui contrariait le jeu du fil télégraphique, M. Muller finit par être averti qu'un délégué lui était envoyé déjà pour pratiquer une enquête. A partir de ce moment, son visage redevint épanoui et sa poitrine respira librement.

D'ailleurs, le retour d'une catastrophe était soigneusement prévenu. La ligne était désormais confiée à la vigilance d'un certain nombre d'employés qui avaient ordre de circuler sur les marchepieds des trains ou de stationner devant les compartiments qui contiendraient au moins deux personnes et présenteraient un aspect suspect. En outre, la disposition des rails, qui avaient juste la place de grimper entre le rempart naturel et le précipice, interdisait si bien toute chance de fuite à un malfaiteur, que le drame de la veille en était rendu plus inconcevable encore.

« Qu'entendez-vous par là, monsieur Linder ?

— J'entends qu'un second attentat

IL VOULAIT SE FAIRE SURPRENDRE AU MILIEU DE SES PAPERASSES

Le commissaire soupa tranquillement, fit son petit somme habituel, et, dès que l'approche du convoi du soir eut été signalée, il courut s'enfermer dans son cabinet de travail, après avoir recommandé que nul ne l'y dérangeât. Il savait bien que le délégué de la Compagnie, annoncé par dépêche, n'hésiterait pas à forcer la consigne, et par un raffinement de coquetterie administrative, il voulait se faire surprendre au milieu de ses paperasses, savamment amoncelées, dans lesquelles il se baignait, pour ainsi dire.

Mais, à l'encontre de cet ingénieux projet, ce fut le chef de gare tout seul qui ouvrit violemment la porte, ne s'excusa pas, et, s'exprimant avec force :

« Monsieur Muller, cria-t-il, la surveillance de la voie est certainement infectée d'un vice !... »

Le commissaire releva le front avec sévérité, croisa les bras sur sa tunique, remua hostilement les paupières et riposta :

vient d'être consommé dans le trajet du Faulhorn. »

Du coup, M. Muller eut un mouvement de révolte. Il proféra même un blasphème. La situation devenait intolérable !...

. . . . . . . . . . . . . . .

... La nouvelle victime, comme l'autre frappée d'une balle, n'avait plus qu'une plaie béante à la place des narines.

D'un commun accord, les deux chefs de service reconnurent en elle un membre du Conseil du Chemin de fer à Crans.

« C'est M. Goutsch, opina M. Muller.

— Pardon, objecta M. Linder, j'estime plutôt que ce serait M. Kauffmann. »

D'affirmations en dénégations, ils s'égarèrent en une véhémente dispute qui ne se serait peut-être jamais terminée, si l'un d'eux ne s'était avisé de consulter les poches intactes du *de cujus*. Les enveloppes d'une volumineuse correspondance établirent immédiatement son nom de Krug et confirmèrent son titre d'administrateur de la Compagnie.

Parmi les papiers du mort, une adresse, écrite en caractères démesurés et illustrés de majuscules intempestives, sollicita la curiosité de M. Muller. Dans le désordre de son âme, il déplia machinalement la lettre, que l'attentif M. Linder déchiffra aussi, en se haussant sur la pointe des pieds :

Voici ce qu'ils lurent :

*3 septembre.*

*au bord de l'étang.*

*Monsieur le Directeur, il s'accomplit sur votre ligne de véritables abominations. Vous ne devriez pas persévérer dans une entreprise aussi ridicule et aussi monstrueuse, j'ose le déclarer.*

Pour signature : SERGE OSTREPIEFF, *Solitaire de la Bachalp.*

La découverte de ce document excita, chez ses auteurs, des sensations diverses...

— C'EST M. GOUTSCH, OPINA M. MULLER.

Ainsi l'effroyable mystère de ces crimes quotidiens avait été pénétré par un étranger. Quelqu'un disposait sans doute d'indications préalables... Et la résidence de cet important témoin était relativement proche, ou du moins l'habitation la plus voisine du sommet. C'était cette épaisse masure, solidement plantée à l'endroit exact où le chemin de fer traversait un court terre-plein... Indubitablement, le premier soin de l'instruction, commise à M. Krug, devait consister à interroger ce dénonciateur spontané.

Mais, bien qu'en l'occurrence, le devoir lui fût nettement tracé, M. Muller hésitait à prouver son zèle par une virile démarche auprès du Solitaire de la Bachalp, dont la sauvagerie était en train de passer en légende chez les montagnards d'alentour.

Quant à M. Linder, il n'eût pas été mécontent de certifier sa valeur aux dépens de son collègue ; mais il se préoccupait à l'avance de ce qui pourrait bien en résulter pour lui-même. Or, s'inquiéter de savoir « ce qui pourrait bien résulter » de tout était précisément le défaut ou peut-être la qualité du rusé chef de gare...

A la fin, le commissaire hocha la tête, effectua une série de clignements, et murmura :

« Etes-vous un homme, monsieur Linder ?

— Monsieur Muller, attesta ce dernier, nous sommes deux hommes ! »

Une de ces éloquentes poignées de mains, qui font craquer les jointures et dont les hypocrites sont très prodigues, ratifia cette déclaration. De part et d'autre on s'était compris. Aussitôt le fait brutal fut télégraphié, avec assertion que le dévouement du personnel s'élevait à la hauteur des circonstances.

III

Le lendemain, dès qu'ils eurent déjeuné et assuré le service en leur absence, MM. Muller et Linder se mirent en route, malgré la persistance de la tempête qui peuplait l'atmosphère d'averses, d'éclairs et de rafales.

Après une heure et demie de descente silencieuse, ils traversèrent la voie ferrée et, longeant les bords de l'étang de la Bachalp ,ils atteignirent une bâtisse grossière dressée sur une éminence du terrain ardoiseux.

Au tapage qu'ils occasionnèrent en heurtant l'huis plusieurs fois, une marmotte siffla l'alarme du fond de son terrier.

« Cela est bizarre, dit M. Muller en essayant de plaisanter, j'aurais parié que toutes ces petites dames avaient délogé devant les progrès de la civilisation.

— Frappez, frappez ! grogna M. Linder. La seule marmotte qui nous intéresse semble bien endormie.

A peine achevait-il que la porte s'entr'ouvrit, livrant passage à une étrange apparition :

Un long personnage, enveloppé d'une houppelande noire, tendait sa face pâle et rasée. La tête, coiffée d'une toque de loutre, s'inclinait tellement sur la poitrine que le menton avait réussi à s'engager sous la lisière d'une chemise de soie verte. L'âge présumable du sujet n'aurait pu être évalué que par une moyenne entre la vivacité des yeux, qui exprimait vingt ans, et les rides de chaque tempe, qui en avouaient quarante au moins.

Lorsque les visiteurs eurent décliné leurs noms et professions, le Solitaire fit trois pas en arrière, dégagea son maxillaire, cracha sur un carreau du couloir et prononça d'une voix nette :

« Quoique j'éprouve, à l'égard de votre triste métier la plus profonde horreur, vous êtes, messieurs, les bienvenus... »

Assez décontenancés par cet accueil, MM. Muller et Linder renonçaient déjà à franchir le seuil de Serge Ostrepieff, quand celui-ci les poussa familièrement dans une pièce du rez-de-chaussée sombre et nue, où ils s'assirent à tâtons sur des malles.

Leur hôte referma la porte, alluma deux bougies dans cette chambre sans fenêtre et se tourna vers eux en ricanant :

« Je vous dois une explication... »

Ici il esquissa un salut et en reçut deux.

« Je n'ai qu'une haine au monde, poursuivit le Solitaire... Vous allez juger si elle

est fondée... Je hais le *chemin de fer*... Voilà seize années que ce sentiment suffit à emplir mon cœur... Rien n'est plus. logique... Attendez ! Le 2 septembre 1869, je me rendais de Saint-Pétersbourg à Moscou.. Très bien... Il pleuvait à torrents... Après la tombée de la nuit, nous commencions à nous éloigner de la Tver, quand, tout à coup... »

Sous le dard d'un souvenir aigu, il se mit à marcher fiévreusement, tandis que MM. Muller et Linder balançaient leurs cous avec déférence.

Le Russe continua :

« En votre qualité d'agents, vous avez

dû, messieurs, assister souvent à des rencontres de trains. Vous savez quel broyement général en résulte : impossible de distinguer ce qui est os ou boiserie, étoffe ou chair... Lorsque je repris connaissance, j'étais couché dans une boue sanglante, sous un affreux tas qui grouillait vaguement et bruissait à peine, comme un dôme de fourmilière... Après qu'on eut un peu débrouillé la place, les seuls objets que l'on put ramasser et décemment mettre de côté ne consistaient qu'en bras et en jambes séparés de leurs troncs... Non, jamais on n'avait vu une telle quantité de bras et de jambes qui n'appartenaient plus à personne... »

Il esquissa une grimace singulière et, gesticulant à tort et à travers, fit le simulacre de disperser ses quatre membres aux quatre coins de la salle.

Les spectateurs de cette émouvante pantomime s'exclamèrent en chœur pour féliciter celui qui était sorti vivant d'une pareille épreuve.

L'exaltation de Serge Ostrepieff se calma soudain, et un sourire mélancolique crispa ses lèvres.

« Dieu soit loué ! soupira-t-il. J'en fus quitte pour une blessure au crâne... »

Sur ce, il insinua doucement la main droite sous sa toque. Ses doigts saillirent contre l'étoffe tendue et se murent avec précaution, comme s'ils caressaient un endroit sensible.

Le tonnerre, attardé dans les cavités du Faulhorn, grondait encore, par de petits coups espacés, et, chaque fois, les sourcils du solitaire se fronçaient, sous une contraction énigmatique.

En proie à un certain malaise, M. Linder se décida à prendre la parole :

« Nous nous sommes permis, dit-il, M. Muller et moi... (celui-ci fit un signe d'adhésion résolue)... de nous présenter au sujet de votre lettre...

— Ha ! ha ! ha ! interrompit l'autre ; vous êtes bien bons de vous être dérangés pour une lettre de moi... (Il s'avança au point de toucher de son nez le nez de M. Muller, qui, toujours assis, reculait le buste jusqu'aux dernières limites de l'équilibre)... Apprenez que, depuis seize ans,

j'ai expédié plus de trois mille lettres qui sont, toutes, restées sans réponse... oui, toutes ! comprenez-vous ?... »

Alors, il raconta complaisamment les phases de son existence, telles que les suites de son accident les avaient réglées.

Dès sa guérison, son idée dominatrice avait été de déserter la contrée maudite où le mal l'avait frappé. Désormais, il ne pouvait plus apercevoir un reflet de rails sans éprouver la sensation du fer pénétrant la peau, ni entendre les trépidations d'un tender sans être persuadé qu'on lui laminait les muscles. Mais, hélas ! dans le choix de ses retraites, nul n'avait réussi. Il avait été successivement relancé, par son irrésistible ennemi, aux Indes, en Grèce, dans le Far West, partout. Le chemin de fer avait allongé ses redoutables anneaux sur tous les territoires asservis par les sociétés humaines. Après de vaines protestations, Serge Ostrepieff avait dû fuir, fuir encore, fuir sans trêve !... Enfin, la réflexion lui avait inspiré d'établir son refuge vers la cime d'une montagne escarpée... Là-haut, il s'était cru sauvé. Et sa vie d'autrefois, paisible, poétique, heureuse, avait recommencé... »

A cet endroit, le narrateur s'arrêta un instant. Ses yeux étaient humides. Il essuya des larmes et se frotta nerveusement les cils.

« Un beau jour, reprit-il d'un ton bref et dur, je vis poindre à nouveau la tête du serpent de fer... Il avait retrouvé ma piste et se dressait directement vers moi... Eh bien ! c'était trop fort ! Je me refusai à constater l'évidence... Je m'enfermai solidement dans mon gîte, me nourrissant de salaisons, dans l'obscurité, comme un marin pendant la nuit du pôle... Je perçus l'approche du reptile... puis il dépassa ma cachette et s'égara vers les hauteurs suprêmes... Cette épouvante avait duré un an et demi... »

Un goût excessif pour les rectifications suggéra ce propos à M. Muller :

« Etes-vous bien sûr que les travaux de la ligne se soient autant prolongés, dans votre voisinage ? »

Le Solitaire dévisagea M. Muller, et ensuite M. Linder, avec cette expression mêlée d'orgueil et de pitié qui est propre aux inventeurs, lorsqu'ils vont exhiber un instrument inconnu encore et merveilleux.

Il ôta sa toque de loutre, abaissa son occiput et y indiqua une cicatrice blanchâtre qui ondulait au fond d'une cavité chauve et sèche.

« Tous les coups de pioche et de marteau, déclara-t-il, se sont numérotés là... Voyez-vous bien : là !... »

Il y eut un silence.

Serge Ostrepieff éclata d'un rire convulsif :

« Je vous le demande !... Pouvais-je, dès lors, supposer qu'une locomotive grimperait plus tard sur les traces des rails ?... Il m'aurait fallu un esprit bien biscornu... (Il se pencha vers le sol comme pour écouter ; et on eût, en effet, juré qu'il distinguait quelque son lointain.) Un soir... vers l'heure où nous sommes... voilà un bruit sourd qui monte à travers une pluie infernale... qui augmente... qui change.. et qui augmente toujours... pff... pff... pan, pan, pan... (Il arpenta sa demeure, battant les semelles, sifflant, imitant avec une méticuleuse exactitude le tumulte d'un express.) Bientôt ma maison s'ébranle et part aussi... c'est la rencontre inévitable !... J'appelle au secours ; je veux sauter au dehors !... Mais les murs, autour de moi, marchent déjà trop vite... Tout est perdu ! Que faire ?... Je m'accroupis comme ça, la tête ainsi enveloppée dans mes bras. Oh ! ma tête ! ma tête !... »

Le Solitaire, ramassé sur lui-même dans un angle de la pièce, tremblait visiblement. Sans sortir de cet état de prostration, il se plaignit en termes lamentables de ce qu'on ne lui concéderait pas un misérable coin de la Terre, pourtant si grande ! N'avait-il

point fait tout ce qu'on pouvait exiger de lui, en acceptant la solitude et les bannissements ? Une semblable persécution était-elle juste ? était-elle honnête ?

M. Muller ébaucha un geste navré qui ne signifiait ni oui ni non ; tandis que M. Linder profitait de ce répit pour tenter de parvenir à une conclusion :

« Vous avez, dit-il, pris la peine d'avertir la Compagnie du Chemin de fer à Crans que sa ligne était le théâtre de *véritables abominations*. Ce sont bien là vos propres expressions ?... »

A ce moment, un souci puissant absorbait le Russe, qui ne répondit pas tout d'abord.

« Parfai-

— TOUS LES COUPS DE PIOCHE SONT NUMÉROTÉS LA...

tement, murmura-t-il enfin et très bas, comme pour ne point contrarier les efforts de son ouïe en éveil, parfaitement, j'ai été

témoin de choses épouvantables et fantasti-
ques, depuis que, par bravade, je me suis
décidé à entr'ouvrir mes volets, sur le passage des trains... »

Ses deux auditeurs échangèrent un signe
d'intelligence : les révélations, tant attendues,
approchaient.

Par inter-valles, la foudre jetait ses dernières déto-
nations aux échos ; mais ce n'était point
d'elles que se préoccupait Serge Ostrepieff
qui, le corps penché en avant, tendait son
oreille parallèlement au niveau du sol.

Sa voix diminuée ne vibrait plus que
comme un souffle :

« Avez-vous jamais observé le galop des
wagons dans les ténèbres ? Oh ! la lueur
rouge des veilleuses !... Quelle raie sinistre !
Au-dessous, des créatures, aussitôt dispa-
rues, glissent ainsi que des fantômes... Où
vont-elles dans leur fuite bruyante et verti-
gineuse ?... Leur monde n'est pas le nôtre...
Que leur importe si les fléaux des hommes,

si l'incendie ou la peste règnent sur les pays
que traversent ces ombres indifférentes ?...
Et si c'est parmi elles qu'a éclos le feu dé-
vorateur, elles l'entraînent souverainement
dans leur course... (Il secoua les épaules
avec un frisson d'épouvante.) J'en ai aperçu
qui gisaient comme les morts ; d'autres qui
s'agitaient... qui avaient l'air de se battre...
ou qui s'accouplaient impudemment, à la
façon des bêtes... Puis... plus rien !... Rien
que le retour du silence... Et le doute !
A-t-on vu ? A-t-on rêvé ?... Pendant ce
temps, la pluie toujours, la lugubre pluie
qui pleure comme dans la nuit fatale...
Ecoutez : clac, clac... »

Le vent, qui s'élevait de la vallée,
apporta le son d'une trompe.

M. Muller consulta sa montre, et,
avec un mouvement de dépit :

« Monsieur, fit-il, nous vous
serions très obligés d'arriver
au fait. Le train du soir a
déjà quitté la station du
Woldspitz ; et, malgré
le charme de votre
conversation, nous au-
rions dû, depuis long-
temps, regagner notre
poste. »

Mais, sans lui prêter
la moindre attention, le Solitaire se grattait
le crâne avec frénésie et s'appliquait à définir un grondement vague, devenu très per-
ceptible ; et qui ressemblait aussi à une
grande plainte. Bientôt, la rumeur croissant,
il donna les signes d'un trouble extraordinaire ; et subitement, sans mot dire, il
s'échappa de la pièce, en hâte. Ses pieds
lourds et pressés firent geindre l'escalier de
bois et résonnèrent rudement, dans la chambre au-dessus.

IL DONNA LES SIGNES D'UN TROUBLE
EXTRAORDINAIRE.

## IV

Le chef de gare dit alors, avec une cer-
taine hésitation :

« Voulez-vous que je vous expose le fond
de ma pensée, monsieur Muller ?

— Je vous en prie, monsieur Linder.

— AH ÇA! MESSIEURS, EST-CE QUE VOUS ÊTES FOUS?...

= Eh bien ! voici un pauvre monsieur qui n'a point toute sa raison.

— Monsieur Linder, je partage absolument votre avis. »

Ils se turent un instant.

De minute en minute, le vacarme de la locomotive ascendante grossissait ; et, dans la maison, tout bruit de pas s'était évanoui.

Après s'être concertés, les deux compagnons, mus par beaucoup de curiosité et assez d'émotion, se mirent à la recherche de leur hôte.

Ils gravirent l'étage avec précaution.

Devant eux, une porte était ouverte ; et, au delà, une fenêtre entre-bâillée. A travers cette fente, que tachait une ombre jusqu'à hauteur d'homme, un peu de clarté lunaire pénétrait parfois, entre les courtes alternatives de nuages chassés, dans le ciel, par une bise intense...

Soudain, un fugitif rayon fit étinceler le canon d'une carabine.

A cette découverte, M. Linder s'avança vivement. Le commissaire de surveillance n'eut que le temps de le rattraper par le coude, tandis que le fracas du train survenu étouffait le cri du parquet.

« Quelle imprudence ! chuchota M. Muller. Savez-vous seulement si ce fusil est ou non chargé ? Au moins, ne compromettez point notre sécurité ! »

La fin de cette phrase fut saluée par l'explosion d'un coup de feu, tiré sur l'extérieur.

D'un élan simultané, les deux agents de la Compagnie du Chemin de fer à Crans se précipitèrent sur Serge Ostrepieff qui se débattit vigoureusement, en brandissant son arme fumante et chaude.

« Assassin ! assassin ! hurlaient-ils en chœur.

— Que signifie cela ? s'écria le Solitaire... Voulez-vous bien me lâcher ?... Mais finissez donc !... Ah ça, messieurs, est-ce que vous êtes *fous ?*... »

Et ses intonations, fermes et dignes, retentirent longuement, dans la paix nocturne.

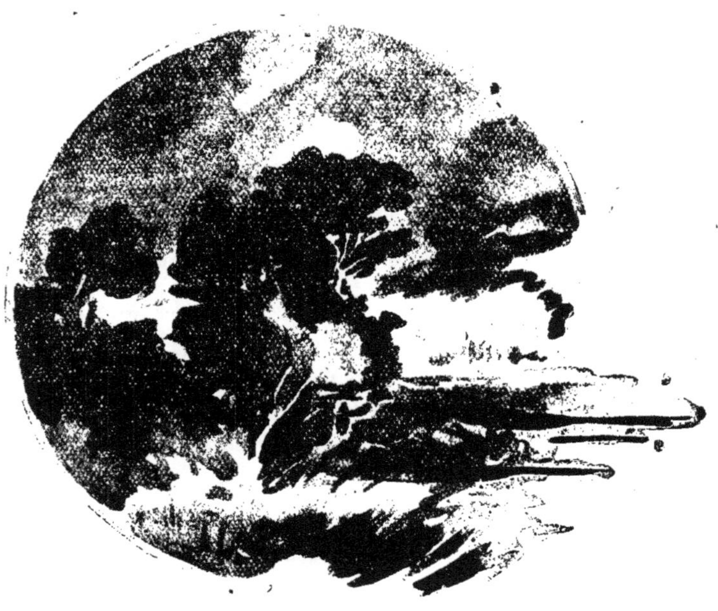

# Souvenir de Gérardmer

## SOUVENIR DE GÉRARDMER

Au bord du lac radieux, sous une allée courte et basse de tilleuls et de marronniers, les jeunes filles passaient en se tenant la taille, et elles chantaient, de leurs voix claires, un refrain du patois.

Non loin d'elles, un brouillard léger flottait sur la surface des eaux que battaient çà et là des rames. Le soleil, en se couchant, retirait peu à peu sa traîne d'or et modifiait insensiblement les reflets échangés entre le ciel et la terre.

Les jeunes filles passaient en chantant et en se tenant par la taille, devant les masures vosgiennes que patronnent des petites bonnes vierges, au fond de niches lézardées. On entendait encore les accents de leur hymne rustique et voué aux fiançailles, lorsqu'elles eurent atteint la grande croix de pierre qui se dresse au tournant du chemin forestier.

Les jeunes filles continuaient à chanter en pénétrant sous l'ombre des sapins et des hêtres noueux où la légende prétend que des loups-garous s'ébattent dans la douceur nocturne, et que des fées dansent, autour des roches creuses, durant les belles nuits d'été.

UN BROUILLARD LÉGER FLOTTAIT SUR LA
SURFACE DES EAUX.

Brusquement l'écho s'éteignit de cette chanson de chaste et confiant amour. Les jeunes filles, qui avaient passé en se tenant par la taille, étaient devenues silencieuses toutes ensemble.

Elles écoutaient les vents sortis soudain d'Allemagne qui, se promenant comme des cordes d'archet sur la haute cime des forêts bleues, en tiraient des sons étranges, tristes, infinis.

# Tobie Rayoud

# TOBIE RAYOUD

## I

C'était dans la chaleur matinale de l'ardent mois d'août. Pour atteindre au hameau de Bionnay, le docteur Dousselin, de Saint-Gervais-le-Village, mit bien cinquante minutes du pas allongé de sa mule blanche. Le cadran solaire d'une chapelle marquait neuf heures lorsqu'il mit pied à terre, à l'angle du chemin aride qui grimpe vers le col du Bonhomme. M. Dousselin, s'étant orienté, attacha autour du fût rouge d'un pin la bride de sa monture, et s'en vint frapper contre la façade basse d'une chaumine isolée.

Immédiatement, la porte fut ouverte par Tobie Rayoud lui-même. Le guide-au-mont-Blanc fit, de sa tête hardie et franche, un salut empressé. Son front nu étalait, entre deux plis hâlés, la rayure claire d'une balafre ancienne. Mais un malaise visible contrariait l'habituelle aisance de ses manières et l'épanouissement normal de sa force. Une fièvre maligne ternissait l'éclat de ses larges yeux, empourprait ses pommettes osseuses et blêmissait l'épiderme de ses lèvres. Le coude de son bras droit était replié ; et la main, suspendue à l'embrasse jaune d'un grossier foulard, en disparaissait sous la barbe épaisse et blonde dont le carré couvrait toutes les côtes de son torse.

M. Dousselin interpella, avec une cordiale humeur, ce beau gars qu'il avait, trente-cinq années auparavant, amené à la lumière du jour.

« Bravo ! Du moment qu'on est levé, c'est bon signe !... »

Rayoud essaya de sourire ; mais il n'ébaucha qu'une grimace. Et, retirant son membre malade de la misérable enveloppe :

« Ça me tient dans les doigts, fit-il. Ça m'élance, ça me brûle comme un sacré tonnerre ! Depuis soixante heures, je n'ai pas sommeillé !...

— Voyons, voyons ?... » grommela le docteur.

Emmenant Tobie en la pleine clarté du seuil, et ayant repoussé son panama derrière l'occiput pour dégager de toute ombre le champ de son regard, il découvrit doucement le siège du mal...

Dès le premier aspect, le vieillard tressaillit et fronça les sourcils.

L'index et le médium de la main qu'il inspectait étaient cerclés, à leur base, d'une plaie rose vif. Au-dessus de la première phalange, une teinte très foncée brunissait la chair qui, violacée plus loin, finissait par être toute noire dans la région des ongles.

« Bougre de maladroit ! gronda M. Dousselin dans un accès de paternelle fureur... Où diable as-tu été chercher cette misère ? Quand ça ? Comment t'y es-tu pris ?... »

Mais sans directement répondre, Rayoud demanda d'un ton d'angoisse :

« Y en a-t-il pour longtemps ?... Hein ?... Vrai ? Oh ! Cristi de cristi !

— Essaye un peu de les mouvoir... »

Le guide fit en vain un violent effort ; les

tendons déjà mortifiés ne se prêtèrent à aucun service.

« Ah ! malheur ! reprit M. Dousselin... Voilà ce que j'appréhendais !... »

Alors il palpa tour à tour les deux doigts racornis dont il constata la frigidité. Il les approcha de son oreille et en comprima le bout, ainsi que procède un amateur envers des cigares secs ; et il entendit crépiter l'intérieur.

Rayoud observait péniblement ce manège, en proie à ce tourment des incertitudes qui oppresse surtout les cœurs résolus.

Le docteur, d'un air très soucieux, se

— ÇA ME TIENT DANS LES DOIGTS, FIT-IL.

gratta la tempe. Il remua plusieurs fois la bouche comme pour parler ; mais, à chaque tentative, de brusques aspirations lui refou-

lèrent les mots dans la gorge... Enfin, le rayon de ses prunelles bien fixement braqué sur son interlocuteur, il articula ceci :

« Tobie, tu es un homme, n'est-ce pas ?... Quoi ?... Regarde-moi ! Oui, moi !... Eh bien ! il faut tout de suite, tout de suite, que je te coupe ça !... »

Le blessé recula, d'un saut, en s'écriant :

« Non ça ! par exemple ! .. Non, monsieur Dousselin, non, non et non ! Je ne me laisserai pas couper les doigts ! Vous croyez donc que je n'en ai pas besoin ? Pourquoi que vous voulez me les couper ?... Hé ?... Pourquoi ?... »

Par un ménagement traditionnel, le vieux praticien n'osa pas prononcer le nom terrible de la gangrène. Il hocha la tête et dit :

« Sois raisonnable, Tobie ! Si tu diffères, on te demandera demain le poignet, tout autre confrère aussi bien que moi. Et si tu refuses encore, ton bras entier y passera !... Et puis après... Dame ! après !... »

Un geste funèbre compléta l'expression de la pensée.

Rayoud soupira :

« Etes-vous certain ?... tout à fait certain ?...

— Oui !

— Y a-t-il pas quelque moyen moins pire à tâcher ?...

— Non !

— Ah ! cristi de cristi !... Allez-y alors ! Soit ! Marchez ! Dépêchons !... »

Et, sans plus de cérémonie, simplement, bravement, le guide s'étant assis sur un escabeau, tendit à l'opérateur sa main que l'embarras fit vaciller, comme l'humble patte d'un chien confiant quand on tarde à la saisir.

« Patience ! s'exclama le docteur, je n'ai point apporté mon appareil... Si j'avais pu me douter !... Comment faire à présent ?... D'ici, je dois grimper au Bionnassay, tout à l'heure... Je ne peux pas encore dégringoler au bourg sans crever ma mule... N'y aurait-il personne à envoyer ?... »

Rayoud réfléchit :

« C'est un fait exprès : ma femme vient de se défiler avec les trois petits gars vers leur école, pour leur sacrée distribution de prix... »

Il se releva :

« A moins que mon cousin ne soit resté à réparer ses chaussures ?... »

Le porteur Benoît était en effet chez lui, non loin de là... Sa complaisance fut aussitôt requise:

« Dix minutes pour être en bas, quarante pour remonter. Comptez sur moi vers le coup de dix heures. »

Le docteur lui détailla ses instructions :

« Tu réclameras la boîte à M^me Dousselin. Tu la prieras de s'assurer que les éponges y sont... et les aiguilles... et les fils cirés... Ecoute donc, étourneau !... »

Mais Benoît était déjà loin : les bras dressés en arrière, les genoux ployés, il franchissait par bonds prodigieux l'à-pic des prés en fleurs.

M. Dousselin hurla encore dans le porte-voix de ses paumes arrondies :

« Surtout, ne t'avise pas d'ouvrir le couvercle, les lames de scie ficheraient le camp !... »

torrentiel bruissait. Les blocs émergeants de solides pierres leur servirent à se caler les pieds. Et ils demeurèrent là, songeurs, longtemps muets.

Le docteur était très occupé par la charge

— PATIENCE ! S'EXCLAMA LE DOCTEUR,
JE N'AI POINT APPORTÉ MON APPAREIL.

insolite de l'opération qui allait lui incomber. Malgré ses paupières béantes, Rayoud semblait dormir. Des poules picoraient, sans méfiance, autour de ces êtres immobiles. Cependant, trois pourceaux, au poil pie, qui survenaient au libre tort, firent un crochet farouche, en grognant et troussant la croupe.

## II

Après ce départ, les deux hommes s'installèrent dans l'ombre d'un tertre, au bord du chemin. Au milieu, le cours d'un ruisseau

Tout à coup, M. Dousselin rompit ce silence pénible :

« Ah ça ! tu ne m'as pas seulement appris la cause de l'affaire !... Un accident de montagne ? Hé ? Par où ?... Quand donc ?... »

Le guide écarquilla ses yeux qui se stupéfièrent comme à l'interruption d'un cauchemar :

« Il y a trois jours, murmura-t-il enfin, en dévalant du mont Blanc, par le glacier de Miage... J'avais espoir de guérir... »

Il retomba dans un morne accablement.

Mais l'autre insista pour le contraindre à distraire sa pensée.

« Raconte-moi ça... J'ai besoin de tout savoir. »

Tobie secoua tristement son cou ferme et tanné par l'œuvre des intempéries. Il évoqua ses souvenirs, et commença, d'une voix entrecoupée, des phrases courtes :

« J'étais parti pour le Sommet avec un sacré Allemand, le major Wolf... Vous l'avez peut-être vu ? Il a logé à la pension du Mont-Joli... N'importe !... Ce particulier-là, vous n'avez pas idée de ce qu'il marquait mal... Oui ! J'avais contre lui un sentiment... Pas vrai que ces choses-là ne trompent point... Du reste, avant de l'accompagner, j'avais déjà une sacrée raison de lui en vouloir ! Mais je l'ai su trop tard, rien qu'à l'instant où la seconde raison allait se déclarer !... Dieu ! qu'il m'avait fait faire du mauvais sang, avant même que nous soyons aux Grands-Mulets ! Et à Benoît donc, qui a plus de nerfs que moi !... Tout le temps, des histoires nouvelles : et que nous prenions des chemins ennuyeux ! et que nous évitions les séracs ! et que nous marchions comme des tortues ! et ci, et çà !... Il nous avait chargés, Benoît et moi, d'un tas de bricoles que nous n'en pouvions faire ouf... Cet Allemand de malheur, il était méchant comme un Anglais. Et orgueilleux autant ! Oh ! la la la la la la ! Quelle carne !... »

Un spasme de souffrance arrêta Tobie. Il approcha de ses lèvres la chair glacée de ses doigts morts ; et il les présenta aux caresses de son haleine brûlante, avec une persistance inutile et pitoyable...

Beaucoup plus tard, il poursuivit :

« On gagna tout de même la cabane. Neuf personnes nous y rejoignirent pour le moment du coucher... Benoît rageait encore tant qu'il ne réussissait pas à s'endormir ! Ah ! que ce sacré major nous avait donc mis furieux ! Quand je le réveillai, à deux heures du matin, voilà qu'il recommença ses manières ! Et dans son sale baragouin : « Les audres azensionisses ond-ils tégambés ? — Non, mais ils sont prêts. — Drès pien ! Qu'ils brennent lés tefants. Nous bardirons teux heures abrès et nous arriferons une heure afant ! » Aucun moyen de raisonner. Il m'agonit de sottises. Que faire ?... Vous savez la loi, monsieur Dousselin : un guide ne devient l'égal de son client que lorsqu'il s'agit de périr. Chouette !... Non ! ce que Benoît était colère, durant deux heures d'horloge que nous avons drogué, les jambes croisées, sur la terrasse... Ma parole ! il avait fini par me pousser aussi hors de mon ordinaire... »

A cet endroit, Tobie se mit debout. L'ardeur de son récit, et la fièvre qui en était augmentée, empourprèrent ses joues. Il entreprit de se promener, de long en large, exhalant des plaintes sourdes.

Ce surcroît de dommage physique n'échappa point au docteur ; mais il toléra son développement comme un dérivatif aux tourments moraux.

« A la fin des fins, nous ne quittions les Grands-Mulets qu'au soleil levant... Faut être juste : il marchait très bien, le major ! aussi dur qu'un guide, peut-être plus. J'étais devant, j'avais, tout le temps, sa respiration dans le cou. La corde qui nous reliait trois par la taille, eh bien ! elle pendait entre lui et moi ; mais il la tendait si raide sur le petit Benoît que le pauvre râlait à faire pitié, avec ses quinze kilos sur le dos... D'autant que l'air devenait de plus en plus rare... Heureusement que nous n'avions pas à tailler des degrés dans la glace ; nous profitions des traces de la compagnie qui nous précédait... A peine si cet enragé s'accordait par ci par là une halte. Oh ! peut-on être méchant, tout de même !... » Il nous ricanait : « Harti ! harti les rezerfizdes !... » Il chantonnait : « En afant, ezbéranze de la Vranze !... » Ce que nous endêvions ! Vrai, j'aurais donné de ma poche pour le voir se plaquer une bonne fois, et fêler un peu son...

— Son prussien?...

— Bien entendu... Ah ouiche! il avait une veine!... Avant onze heures, l'événement tournait comme cette tête carrée se l'était juré : nous rattrapions la première caravane dans la combe du Corridor. « Tébazez! beugle ce sacré major, tébazez dut le monte!... » Ah! sur cette invite, le caractère m'échappe : « Non! je ne dépasserai personne! Ces messieurs ont eu la peine de frayer la voie qui nous a servi... » Malheur! si vous aviez été témoin de la paire de quinquets qu'il alluma sous ses sourcils!... Je ne suis pourtant pas feignant : mais j'eus presque peur... « Fulez-fus pien tébazer?... — Je ne dépasserai que si toute la société nous le permet... » On a la faiblesse de lui livrer passage, sans que seulement il remercie. La sacrée rosse! le sacré manant!...

— Tobie, recommanda le docteur, tu te fais du mal. Repose-toi!

— Non, merci. Le mouvement me soulage. »

Et il balança son membre mutilé, avec une tendresse câline, ainsi que s'il eût voulu en bercer la douleur sans cesse réveillée.

« A midi, nous touchions la cime. Bon Dieu! quel riche temps. Pas un nuage. Une brise douce à la peau comme l'eau de gouttière... Tandis que Benoît déballait les provisions, j'expliquais le panorama. « Gué gue z'est gue zà? Et zà? Et zà?... » Ce mâtin, il me faisait pirouetter autant qu'une toupie. « Ça, c'est le lac de Genève! Ça, la Yungfrau! Ça, les Apennins! — Et zà? Bat là-pas, là-pas? — C'est le Jura! — Ha, ha! le Chura! egzélende mondagne! Ch'ai vait za gonnaizance en zoizande-tix!... » Après cette confidence, je le regarde de travers. Bien sûr, il avait voulu parler de la guerre. Est-ce que l'endroit était choisi? Ça me déman-

geait de lui répondre que nous n'étions pas dans un débit de choucroutes, que nous avions eu beau monter, monter et monter, nous n'en avions pas plus quitté le territoire français ; et encore que ce n'était pas, dans son sacré pays qu'il aurait été fichu de s'approcher aussi près qu'ici du bleu du ciel!... Mais, vous comprenez, un guide n'a pas l'instruction de ce qui convient à dire. Vous, M. Dousselin, un savant, vous n'auriez pas été gêné pour lui river le bec... »

Dans un élan inspiré, Rayoud dressa vers l'azur sa main sinistre aux deux doigts noirs :

« Au-dessus de nos têtes, un couple d'aigles planaient bien haut, bien haut... J'indiquai ces points imperceptibles au major en lui coulant : « Eux aussi sont en France!... » C'était un truc pour le faire

IL APPROCHA DE SES LÈVRES LA CHAIR GLACÉE DE SES DOIGTS MORTS.

sentir la chose. Mais il ne fit aucune attention. Il ne *débraquait* pas sa lunette de la chaîne des monts qui se perdaient vers le nord... Cristi de cristi! j'étais si agacé que...

« Tenez (que je continue), moi aussi j'ai
lié connaissance, en 70, avec le Jura. J'en

suis même sorti par Pon-
tarlier... » — « Bondarlier ! Ch'ai auzi
bromené bar là... » Il n'avait pas dé-
rangé sa vue ; sa tranquillité, au lieu de
m'adoucir, me poussait à des provoca-
tions : « Ah ! vous avez aussi promené par
là !... Et au col de Clusette, y avez-vous
aussi promené ?... » — « Le gol de Gli-
zette ?... Chiuzdement !... » Hein ? y en
a-t-il, de ces hasards ? Oh ! mes nerfs
travaillaient. La mémoire me revenait de
tout ce que ces canailles d'Allemands nous
avaient fait endurer : la faim qu'on cre-
vait, le froid et le tremblement !... Pour
lors, Benoît s'avance pour nous engager à
manger un morceau : « Le couvert est mis ! »
dit-il en riant ; mais, dès qu'il me reluque :
« Bon sang ! qu'est-ce qui te chiffonne, mon
vieux ?... » Je ne bronche pas. Je dévisage
le major jusqu'au fin fond de sa binette, et
je lui marmotte : « Ce serait drôle cependant, si nous nous y étions rencontrés, à
ce col de Clusette... On s'y est chauffé
ferme, dans le chemin creux !... » — « Che
zais pien ! che gommantais le tédagement
gui surbrit les vuyards... » Là-dessus, j'ôte
mon feutre, et lui désignant ma cicatrice :
« Savez-vous ce que j'ai ici ?... Un coup de
sabre, qu'un officier m'a fourré, à cette ba-
garre-là. » Il m'inspecte, tortille sa
moustache... « Z'est beut-êdre pien
moi ! » Alors sans doute que l'expression de ma figure le rendit moins va-
leureux : « Guoi ? guoi tonc ? Fus
foyez gue nus nus en zommes dirés
dus les teux... » Mais moi, j'étais de
plus en plus curieux de m'éclaircir. J'allais
lui crier de me montrer sa mâchoire pour
m'assurer s'il n'y manquait pas un chicot ;
car, avant d'écopper à ce sacré col, j'avais
lâché dans le museau de l'Allemand un
coup de crosse, sous quoi j'avais certainement senti quelque chose craquer... Tout à
coup j'aperçois le petit Benoît agité et pâle
comme un linge qui sèche au vent... Un
éclair me traverse la cervelle... Je me rappelle avoir jadis raconté au camarade comment son frère aîné avait été tué d'une balle
de pistolet par le même homme qui, en
même temps, de l'autre main, me fendait
le crâne !... Plaît-il ? M. Dousselin... Ça
vous épate ?... Puisque je vous dis que ce
sacré major, c'était le diable en personne !...

— Je devine, répliqua le docteur, qu'en
remarquant la mine de Benoît, tu jugeas
prudent de changer la conversation...

— Bien entendu... Je n'étais déjà pas
sûr de rester mon maître, si la dispute s'engageait plus avant. Il n'était que temps de
contenir mon cousin, qui est rageur comme
un dindon, têtu comme un mulet... Pourvu
qu'il eût oublié l'histoire de mon coup de
poing ! Pourvu que notre voyageur n'eût pas
un trou dans la bouche ! Cristi de cristi !
s'il allait se mettre à bâiller !... Je regardais le major, je regardais Benoît, je regardais mes pieds... Dieu ! que nous étions
seuls sur ce grand sommet. Et, partout, des
précipices ! Peut-on répondre d'un accès de
folie chez un autre ?... La seconde caravane,
sans doute éreintée, n'arrivait toujours
pas... Oh ! que je souhaitais un bruit de

voix !... Je redoutais le major, je redoutais Benoît, je me redoutais !... Rien n'aurait pu être empêché par rien... »

Après cette réflexion brève et simple — qui résumait les péripéties par lesquelles s'était nouée, dans les solitudes les plus inaccessibles de la terre, l'action d'un des drames les plus imprévus qu'ait jamais produits la complication des sentiments humains, — Rayoud palpa successivement chacun des cinq doigts de sa main droite.

« M. Dousselin, insinua-t-il, c'est singulier : voici que je n'éprouve plus aucun picotement !... Ça va beaucoup mieux ! »

Les paupières du docteur battirent à plusieurs reprises, son menton trémula ; et il haussa les épaules avec un air de commisération impuissante et profonde.

« A la suite de cette aventure, reprit Tobie découragé, nos rapports ne devinrent pas tendres. On n'était pas à son aise. Pendant vingt minutes, on a rompu la croûte et bu à sa soif, sans parler. Le major dépliait des plans et les marquait d'un tas de signes. Je le soupçonnais d'être encore quelque sacré espion. Benoît me lançait des coups d'œil en cachette. Qu'est-ce qu'il songeait ? Et moi ?... Je n'en sais rien... Enfin, j'ai conseillé de ne plus séjourner sur place, à cause qu'il gelait trop dur. A cela, pas d'opposition. Je crus qu'on m'avait changé mon client. Il se contenta d'observer qu'on avait convenu de descendre par le glacier de Miage. « Ben oui ! ben oui ! puisque c'est décidé. » Au fond, j'aurais préféré le chemin habituel. Ça n'a jamais été mon fort, le glacier de Miage, avec ses sacrées pentes... Et puis, avec ce sacré major !... Mais quoi ? le marché était fait... Allons ! On se rattache... on passe les Bosses... on cotoye l'Aiguille Grise... on franchit le col de Miage... Tout près de là, mon mauvais quart d'heure était proche... »

Un cri guttural vibra au loin, perçant l'atmosphère de ses notes prolongées et sauvages. C'était l'appel bien connu que les montagnards emploient pour correspondre.

« Déjà ! » s'exclama Tobie Rayoud. Il frissonna ; et sa face énergique devint affreusement livide.

### III

Le porteur Benoît avançait, par des enjambées larges.

« Me v'là donc, vociféra-t-il en secouant
la sueur de sa bonne tête, hé ? je n'ai pas
flâné ?... »

Une grosse boîte de cuir rouge, ballot-

MAIS, S'INTERROMPANT DE FROTTER AVEC
UN LINGE FIN...

tant sous sa poignée de cuivre robustement
tenue, semblait fasciner Tobie que le docteur ramena vers l'habitation.

... Ce dernier, durant les préparatifs
indispensables, persévéra dans sa méthode
de favoriser les bavardages étourdissants du
blessé.

« Je t'écoute toujours, déclara-t-il,
achève ton récit, mon garçon ; il m'émeut
au delà de toute expression... »

Il étala, sur une table, la charpie, des
flacons, des bandes de toile, des bistouris
de formes diverses... Mais, s'interrompant
de frotter avec un linge fin un de ses ins-
truments d'acier, fort inquiet du silence de
Tobie, il découvrit chez celui-ci un regard
follement fixe, hypnotisé par l'éclat du métal.

Son autorité insista

« Tiens ! prends ce vase et fais-en tiédir
l'eau sur le foyer. Et puis, je veux que tu
causes. Qu'advint-il sur le glacier de
Minge ? »

En même temps, sur un signe du docteur, Benoît disposait un matelas sous la
pleine clarté de la porte ouverte.

Accroupi devant l'âtre où son haleine
avivait par instants les tisons, Rayoud parla
d'une voix altérée par ce double effort.

« Depuis une heure, nous rusions parmi
les séracs, tantôt forcés de les escalader,
tâchant plutôt de les tourner... L'ordre était
le même que pour aller... Dans les passes
périlleuses, je m'appliquais à modérer le
train... Mais le sacré démon d'enfer n'y
trouve pas son compte. Des sottises lui par-
tent : que je suis une tortue, une marmotte,
une écrevisse... Je m'en moquais encore assez... Subitement, il commande halte,
m'oblige à lui céder ma place ; et, dès qu'il
est en tête, nous entraîne à une vitesse de
chamois. Il tire tellement sur la corde qu'il
nous en coupe les reins, à Benoît et à moi.
Et son : « Blus fide ! Blus fide ! » qui ne
décesse pas de nous bourdonner aux
oreilles... Tant pis ! je n'y tiens plus :
« Hein ? Vous ! (que je fais) Nous embête-
rez-vous longtemps comme ça ?... » Oh ! que
j'étais excité !... Il se retourne : « Fulez-fus
êdre boli ? Che me blaintrai au pureau !... »
Je lui tire la langue... »

Tobie se redressa dans toute sa pres-
tance :

« Alors il lève la main sur moi, comme
un possédé, ce major du diable ! Oui, pour
me frapper ! J'ignore ce que j'allais en
faire, lorsque, à ce moment, patatras !... »

Ici, M. Dousselin, prenant Rayoud par
les épaules, lui enjoignit de se coucher et
de ne plus bouger, avec son ton paternel
de volonté.

De chaque côté du matelas, le docteur
et Benoît s'agenouillèrent...

... Quelques secondes après, l'air fut
déchiré par un de ces hurlements que les
imaginations sont incapables de concevoir,
qui n'ont de sens précis en aucune langue,
mais qu'une égale souffrance fait proférer
semblablement aux entrailles de tous les
hommes...

DE CHAQUE CÔTÉ DU MATELAS, LE DOCTEUR ET BENOIT S'AGENOUILLÈRENT.

« Tu es un brave, murmura le vieillard. Nous en avons à moitié fini... »

Et tout en se hâtant d'arrêter l'effusion du sang, il embrassa le mâle visage du patient dont Benoit bassinait les tempes avec du vinaigre et desserrait les gencives pour introduire une rasade d'eau-de-vie...

Le porteur, effaré, entreprit de narrer à son tour, à voix basse, machinalement, pour se donner une contenance :

« J'étais arriéré dans un tournant, derrière un sérac... Je ne vis rien, j'entendis seulement un grand cri, et je subis une secousse qui me flanqua sur le dos... Par miracle, mon piolet s'accrocha en travers de deux blocs, et j'y demeurai suspendu par les poignets, comme à un trapèze... « Holà ! Tobie ?... Quoi donc ? — Il y a que le major vient de filer par une crevasse ! — Et pis toi ? — Moi, je suis droit au bord !.. — Résisteras-tu ? — Je ne sais point !... » Mes idées prennent le galop... C'est qu'il était bigrement lourd, ce grand fût de bière allemand !... S'il décrochait le camarade ?... Ce n'était pas moi qui allais être de taille à les repêcher tous deux... Ah ! zut !... Je souffle à demi-voix : — « Tobie ?... coupe-lui la corde !... » Pas de réponse ; rien qu'un gémissement. — « T'es blessé ? — J'ai deux doigts pris entre la corde et l'arête... — Retire-les !... — Il gigote trop, si je m'ôte, le tranchant de la glace sciera le fil. — Eh ben ? Après ?... » Encore pas de réponse... — « T'aimes mieux faire scier tes doigts ?... » Tobie geint seulement... Mes bras se lassent. Va-t-il falloir nous sacrifier pour cette canaille ?... — « Tobie, coupe-lui la corde ! — Tais-toi, malheureux ! — Tobie, t'as donc pas vu sa dent cassée ? C'est lui qui t'a fendu le crâne ! c'est lui qui a tué mon frère ! Coupe-lui la corde ! C'est pas une créature ! Tobie ! Nom de D...! coupe-lui la corde !... » Je ne reçois plus aucun signe de vie... Ça devenait trop bête, et, du reste, ça ne pouvait plus guère durer... Je m'avise d'un remède... Je m'assure que mon piolet restera solide au poste. Bon ! J'y noue le bout de corde que j'avais en queue. A force, à force, je me délivre la ceinture. Je rejoins Tobie.. Je délivre ses

doigts, qui me font l'effet d'être brisés ou gelés. — « Et le major ? » réclame-t-il aussitôt. — « Bon ! bon ! laisse-le cabrioler ! — Vite ! sauvons-le ! — Soit donc !... » Tobie, d'une seule main, moi de deux, nous amenons le paquet. Ça nous regarde avec des yeux de chouette ! Ça ne nous dit pas seulement merci ! Au contraire, il ronchonne en éternuant. — « Mein Gott ! fus y meddez la révlegzion !... » Oui, tu l'aurais vu la tête en bas, ma réflexion, si je n'avais pas été en dépendance.

— L'angle de ta réflexion, riposta le docteur au milieu de ses occupations, eût été égal à l'angle de son incidence... »

Et, malgré sa mélancolie affairée, le vieux panseur des plaies de montagne sourit à la perspective de replacer avantageusement ce calembour trop scientifique pour l'auditoire actuel.

Rayoud venait de relever ses paupières décolorées. Dès le retour de la sensibilité, une atroce douleur le mordit. Aux derniers mots de Benoit, il avait sursauté. Et, exhalant la clameur de sa souffrance dans celle de l'indignation :

« Fi ! tu n'as pas honte !... Trahir son voyageur !... Benoît !... Va ! Tu n'es qu'un porteur !... Jamais tu ne seras digne d'être nommé guide !... »

Son ami Benoît, après l'avoir contemplé affectueusement, se mit à siffloter entre ses dents jaunes et plates, et lui enfermant la barbe comme dans un étui dans ses mains calleuses :

« Farceur ! fit-il avec une façon tendre de feinte irritation.

— Non ! non ! vociféra l'autre, bouleversé par une fébrile fureur... Laisse-moi ! Tu me charges trop le cœur... Etre si traître !... Toi ! un enfant du pays... Voyons, vous, M. Dousselin, prononcez !...

— Chut ! ordonna le vieillard... Du calme !... Pour l'amour de Dieu, une minute de calme !... »

Et, tout entier à sa seconde œuvre, il se penchait vers la couche, illuminée d'un rayon de soleil, en maniant ses sinistres outils.

. . . . . . . . . . . . . . . .

. . . . . . . . . . . . . . . .

— TOBIE, COUPE-LUI LA CORDE !...

## IV

La double amputation s'étant accomplie d'une manière satisfaisante, aucune hémorragie ne menaçant plus, à midi, le docteur se retira.

Aussitôt qu'il fut rentré à Saint-Gervais-le-Village, sans débrider, il mena sa mule vers la pension du Mont-Joli. Là, consultant le registre des faire-suivre, il y lut l'adresse du major Wolf, à Coblenz.

Cela fait, il revint chez lui, délibérant à part soi, taillant des phrases, échafaudant des mots.

.. Dans un tiroir de son bureau, il prit un petit carton, dont il garnit le contenant avec un reste de charpie ensanglantée. Du fond de son portefeuille, il fit passer en cet écrit bizarre le médium et l'index de Tobie Rayoud, bien lavés, bien lisses, bien propres. Leurs tissus rétractés, parcheminés par l'effet de la gangrène sèche, jouissaient d'une préparation naturelle et aussi définitive que celle des débris momifiés... Ensuite, avant de cacheter ce colis postal, il y inséra une carte de visite sur laquelle il griffonna, autour de son nom : « Détachés par le docteur Dousselin, d'une tige mutilée par une brute. » Puis, au revers, de sa plus belle écriture, le vieil homme de science calligraphia, en latin, six mots ainsi traduisibles : « *Rameaux communs de* HÉROS DES ALPES (*Flore française*). »

# MODERN-BIBLIOTHÈQUE

## VOLUMES PARUS :

Barbey d'AUREVILLY.. Les Diaboliques.

Colonel BARATIER.... Epopées Africaines. Au Congo

Maurice BARRÈS,
*de l'Académie française* Le Jardin de Bérénice. Du Sang, de la Volupté et de la mort

Tristan BERNARD.... Mémoires d'un Jeune homme rangé

Jean BERTHEROY.... La Danseuse de Pompéï. Le Double amour.

Louis BERTRAND..... Pépète le bien-aimé.

BINET-VALMER...... Les Métèques.

Paul BOURGET,
*de l'Académie française* Cruelle énigme. André Cornélis.

Henry BORDEAUX,
*de l'Académie française* L'Amour qui passe. Le Pays natal. L'Amour en fuite. Le Lac noir. La Petite Mademoiselle. La Peur de Vivre.

Marcel BOULENGER.. Couplées.

Élémir BOURGES...... Sous la Hache.

René BOYLESVE......
*de l'Académie française* La Leçon d'amour dans un Parc. Mademoiselle Cloque.

Adolphe BRISSON..... Florise Bonheur.

Michel CORDAY ...... Vénus ou les Deux Risques. Les Embrasés. Les Demi-fous.

Alphonse DAUDET ... L'Evangéliste. Les Rois en exil.

Léon DAUDET......... Les deux Etreintes. Le Partage de l'Enfant Les Morticoles.

Paul DÉROULÈDE.... Chants du Soldat.

Lucien DESCAVES.... Sous-Offs.

Henri DUVERNOIS... Crapotte. Nounette.

Georges d'ESPARBÈS. La Légende de l'Aigle. La Guerre en dentelles.

Ferdinand FABRE.... L'Abbé Tigrane.

Claude FERVAL....... L'Autre Amour. Vie de Château. Ma Figure. Ciel Rouge.

Léon FRAPIÉ......... L'Institutrice de Province.

Théophile GAUTIER.. Le Capitaine Fracasse (1er vol.). Le Capitaine Fracasse. (2e vol.).

E. et J. de GONCOURT. Renée Mauperin. Germinie Lacerteux. Sœur Philomène.

Gustave GUICHES.... Céleste Prudhomat.

GYP.................. Le Cœur de Pierrette. La bonne Galette. Totote. La Fée. Maman. Doudou. La Meilleure Amie.

Myriam HARRY ...... La Divine Chanson.

Abel HERMANT....... Les Transatlantiques. Souvenirs du Vicomte de Courpière Monsieur de Courpière marié. La Carrière. Le Sceptre. Le Cavalier Miserey. Chronique du Cadet de Coutras. Les Confidences d'une Aïeule. Le Char de l'Etat. Coutras, Soldat

Paul HERVIEU,
*de l'Académie française* Flirt. L'Inconnu. L'Armature. Peints par eux-mêmes. Les Yeux verts et les Yeux bleus. L'Alpe homicide. Le Petit Duc. Deux Plaisanteries.

Charles Henry HIRSCH. Eva Tumarche et ses Amis. Sire. Le Nouveau Jeu.

Henri LAVEDAN,
*de l'Académie française* Leurs Sœurs. Les Jeunes. Le Lit. Les Marionnettes.

Jules LEMAITRE,
*de l'Académie française* Un Martyr sans la Foi.

Pierre LOUŸS......... Aphrodite. Les Aventures du roi Pausole. La Femme et le Pantin. Contes choisis. Les Chansons de Bilitis

Maurice MAINDRON.. Blancador l'Avantageux.

Paul MARGUERITTE. L'Avril. Amants. La Tourmente. L'Essor. Pascal Gefosse. Ma Grande. Le Cuirassier blanc. La Force des Choses.

Octave MIRBEAU..... L'Abbé Jules. Sébastien Roch.

Eugène MONTFORT.. La Turque.

Lucien MUHLFELD... La Carrière d'André Tourette. L'Automne d'une Femme. Cousine Laura. Chonchette.

Marcel PRÉVOST,
*de l'Académie française* Lettres de Femmes. Le Jardin secret. Mademoiselle Jaufre. Les Demi-Vierges. La Confession d'un Amant. L'Heureux Ménage. Nouvelles Lettres de Femmes. Le Mariage de Julienne. Lettres à Françoise. Le Domino Jaune. Dernières Lettres de Femmes La Princesse d'Erminge. Le Scorpion. M. et Mme Moloch. La Fausse Bourgeoise. Pierre et Thérèse. Femmes. Lettres à Françoise Mariée.

Michel PROVINS...... Dialogues d'Amour. Comment elles nous prennent. Le Professeur d'Amour.

Henri de RÉGNIER,
*de l'Académie française* Le Bon plaisir. Le Mariage de Minuit.

Jules RENARD........ L'Ecornifleur. Histoires naturelles.

Jean RICHEPIN,
*de l'Académie française* La Glu. Les débuts de César Borgia La chanson des Gueux.

Ch. ROBERT-DUMAS. Amour Sacré.

Édouard ROD.......... La Vie privée de Michel Tessier. Les Roches blanches.

André THEURIET,
*de l'Académie française* La Maison des deux Barbeaux. Péché Mortel.

Pierre VEBER......... L'Aventure

Imp. Mauchaussat, 16, rue François-Guibert, Paris, XVe   1 — 1926

IMPRIMERIE
P. ORSONI
7, rue Lemaignan, 7
PARIS